JN067722

論創ノベルス

空襲の樹

Ronso Novels 001

三咲光郎

論創社

本書の単行本化にあたり、
創業50周年記念「論創ミステリ大賞」の
大賞受賞作『刻まれし者の名は』を改題。

目次

序章　八月十五日　水曜日　5
第一章　八月三十日　木曜日　13
第二章　八月三十一日　金曜日　73
第三章　九月一日　土曜日　129
第四章　九月二日　日曜日　197
第五章　九月三日　月曜日　229
第六章　九月四日　火曜日　288
第七章　九月五日　水曜日　314
終章　九月八日　土曜日　336

序章　八月十五日 水曜日

渡良瀬政義は、肩で息をして立ち止まった。

瓦礫と夏草に覆われた焼け跡に目を走らせる。

新宿駅周辺に焼け焦げたビルがかたまっているほかは、視界をさえぎるものはない。

一キロほど離れた浄水場と淀橋署が炎天に揺らめいていた。

五十歳も間近になって逃走犯を追うのはきつかった。踏ん張ると膝ががくがくと震えた。

鳥打帽を目深に引き下ろし、暑気を吸う。腕まくりした開襟シャツは汗で背中に張りつき、胸ポケットのハンカチも絞られるほどに濡れていた。

草いきれがよどんでいる。動く影はない。

石を踏む音がした。半ば崩れたコンクリート壁の陰から、戸塚が瓦礫を踏み越え、逃げていく。

坊主頭の大柄な三十男だ。色褪せた長袖の開襟シャツに、国民服の夏袴、汚れた布靴。開襟シャツの右袖は肩のところで結んで玉にして、その先の袖が跳ね踊っている。

待て、と叫んだつもりだが喉のぜいぜい鳴る音が洩れただけだった。

戸塚は、角筈線の錆の出た軌道を横切って、また焼け跡に入り、新宿駅のほうへ走っていく。政義は、焼夷弾の破片に足を取られて手をついた。周囲を見わたした。先回りしようと軌道を走り、新宿通りへ出た。

戸塚は焼け残った銀行の建物に隠れて焼け跡を抜け、二幸の前に飛び出し、回り込んだ政義と鉢合わせした。

「戸塚」

襟首をつかんだ。振り切ろうと、もがく。政義の足がもつれ、戸塚の背中にしがみつく。二人は絡まりあって路上に倒れた。政義は戸塚をうつ伏せにして左腕を背中に捩じ上げ、その上に乗りかかった。

二人とも、はあはあと暑い空気を吸い込むばかりで、口をきくこともできない。戸塚は苦しそうに咳き込んだ。

「刑事さん、息が、できませんよ」

狡猾そうな目で見あげてくる。政義は動かなかった。走り疲れて動けなかった。

「私は、何も、悪いことは」

「だったらどうして逃げる。こんな炎天下に、俺を走らせやがって」

政義は上半身を起こすと、戸塚の脇に尻をつき、背中に捩じ上げた腕を押さえつけた。汗が路面に滴り落ちた。

「戸塚よ、市ヶ谷で、軍の貯蔵品を盗んだな。手配が回ってるぞ」

「とんでもねえ、大陸で名誉の負傷をした私を、犯罪者扱いですか。警察のお世話になることは、何も」

「お世話は、憲兵隊がするさ」

戸塚の腕の筋肉が硬くなる。逃げようとしている。政義は押さえる手に体重を掛け、巡査はいないかと、通りの向かいの駅舎を見やった。

駅前は、奇妙な眺めだった。

人々は皆、立ち止まっていた。国民服の男、モンペ姿の女、学生帽を手にした青年。白昼の厳しい日射しにピン止めされたように、頭を垂れ、交番の前に集まっている。

二幸の前にも人が集まって頭を垂れていた。土下座している男もいる。

鼻にかかった甲高い声が聞こえる。抑揚をつけて何かを読み上げる声だった。

……ちんはていこくせいふをしてべいえいしそしこくにたいしそのきょうどうせいめいをじゅだくするむねつうこくせしめたり……

政義は、はっと表情をあらためた。

本日正午、ラジオを通じて、天皇陛下より重大放送があると言われていた。急いで署に戻るつもりが、花園神社の前でばったり出会った戸塚がいきなり逃げ出したせいで、こんなことになっている。政義は、戸塚を押さえつけたまま正座をして、玉音に耳を傾けた。

……しかれどもちんはじうんのおもむくところたえがたきをたえしのびがたきをしのびもってばんせいのためにたいへいをひらかんとほっす……

ざあざあと雑音交じりで聞き取りにくい音声だが、どうやらこれは、終戦を告げる詔らしい。

「敗けた」

うつ伏せたまま、戸塚がつぶやいた。

「日本は敗けたんだ、ねえ、刑事さん」

政義は、辺りにたたずむ人々を茫然と眺めた。陽炎に揺れる、薄っぺらな紙の人形のように見える。玉音放送が終わって、首相の談話が続いた。人々は立ち尽くしたままだった。

戸塚の腕が政義の手を跳ね除けた。起き上がって、開襟シャツの土埃をばたばたと払い、路上に正座した政義を見下ろした。さっきまでとは打って変わり、政義を憐れむ目だった。

「戸塚、おい」

手をのばすと戸塚は軽く身をひいた。ふん、と唇を歪め、

「あんたらに、俺は捕まえられねえよ」

教え聞かせるふうに、

「この国はもう終わったんだ。皇軍は捕虜になって、警察だって解散だ」

「馬鹿なことを言うな」

立とうとしてよろけ、尻もちをついた。戸塚は威圧する目で睨んでくる。

「俺は軍の貯蔵品を盗んで日本軍に抵抗した。英雄だぜ。おっと、触るなよ」

嘲笑い、背中を向け、右の袖を勝利の幟のようにひらひらとたなびかせて駆けていく。目に入る汗で戸塚の後ろ姿がぼやけて遠ざかる。

人々はようやく歩きだした。どこへ向かっていけばいいのかわからないというふうなふわふわした足取りだった。

この国はもう終わったんだ。戸塚の声が耳底で繰り返していた。

「何だ、何を言いやがる」

政義は立って往来を見わたした。さっきまでと同じ焼け跡と往来のはずなのに、まるで違った場所へ来た気分だった。

くそっ、何だ、どうなってるんだ。無性に腹立たしくて、いまさら署へ帰る気にもならない。襟元をつまんで風を入れようとしたが、濡れたシャツは肌に張りついている。この場所から離れたい。家に戻って着替えよう、とりあえず。

人の流れを縫って道路を渡った。空の高いところを、グラマン機が飛んで、細い横雲が延びていく。

家に戻ってと思ったときから、脳裡に妻の姿が浮かんでいた。

登美子が部屋でラジオの前に独りうずくまって、思い詰めた目で虚空を見つめている……政義は不安に憑かれて自宅のある代々木へ急いだ。

明治神宮に近い一画は、空襲でも焼け残り、戦前の町の風景を留めている。

古い木造平屋が目板塀に囲まれ、門柱に「渡良瀬」の木の表札が掛かっている。門から飛び石伝いに玄関を開けると、土間に登美子の草履が揃えてあるのが目に入った。

「おおい」

台所の続きの薄暗い六畳間に、登美子は、ぺたんと正座して背中を丸め、前栽の葉影が踊る障子に顔を向けていた。モンペに割烹着で、政義に気づかないようすだった。

「暑いな」

政義は障子を開けた。

縁先の南天の葉が微かに揺れている。風は入ってこない。蒸し暑い空気がよどんでいる。

登美子は南天をいっしんに見つめている。思いつめ凍りついたような顔に、政義は見覚えがあった。特攻隊として出撃する俊則に会いに二人で浜松の旅館に行った、その帰りの汽車で、車窓を向いたまま無言でいたときの顔だった。

「今夜から灯火管制は要らんよ。空襲はないんだ。明るくしよう」

声を掛けると、登美子は生まじめな表情で言った。

「玄関灯も点けましょう。俊則が帰ってきたときに、明るいのがよろしいですわ」

政義は返事ができずに登美子の顔を見守った。お盆で俊則の魂が帰ってくる、という話をしているのか。登美子はこちらに目を上げた。

「あの子の布団を干しましょう。押し入れから出してくださいな」

こうしてはいられないというふうに腰を浮かせた。

「今夜はあの子の好物の蕎麦にしましょう。でも、蕎麦なんて、どこで手に入るのかしら」

政義は押しとどめるように手を上げた。

「俊則は、帰ってこないよ」

登美子はびっくりした顔になる。どうして？　何をおっしゃるの？　声を出さずにそうつぶやいている。

とまどっているのは政義も同じだった。俊則は敵艦に体当たりして立派に玉砕したじゃないか、出撃前に俊則が書いた私ら宛ての手紙があるじゃないか。

それを言えば、登美子の張り詰めた気持ちをひと突きで壊してしまうかもしれない。

登美子は、帰ってこないなんてなぜそんなことを言うの、となじる目で見つめてくる。

「とにかく」

言葉に詰まり、

「今夜は、二人で食べよう。俺はもう一度署へ行って、今日は早退してくるから」

登美子は背を向けて台所へ移っていく。

畳に、一葉の写真が置き忘れられている。

手に取ると、俊則の写真だった。

十歳頃の俊則が、野球帽を被り、丸首の毛糸のセーターに綿のズボンを穿いている。二十歳前後の白人の青年と並んで立っている。青年は、麻の開襟シャツにデニム生地の作業ズボンを穿いていた。二人は、大きな木の前で、カメラに向かって屈託なく笑っている。横浜で、戦前に政義が撮った写真だった。

登美子が見ていたのだ。日米開戦の後で俊則が処分しようとしてアルバムから剥がしたのかもしれない。捨てきれずに挟んだままにしていたのを、登美子がアルバムを開き、手に取ったのだろう。さっきの玉音放送の後で。

葱を刻む音がする。得体の知れない腹立たしさが胸によどんでいる。政義は、俊則の子供時代の笑顔に、暗い目を落としていた。

第一章　八月三十日 木曜日

一

木曜日の朝、淀橋署内に警察官の姿はまばらだった。

前日、内務省から通達が来た。連合国軍最高司令官ダグラス・マッカーサー元帥が厚木飛行場に到着するので都内各署においては管轄区域内、沿道の警戒、警備に万全を尽くせ。

元帥の到着予定時刻、移動の順路、滞在地などは明らかにされていない。内務省にも知らされていないのだろう。進駐軍は、終戦に反対する抵抗勢力に情報が漏れて襲撃されるのを恐れているのかもしれなかった。到着は午後になるのではないか、と出どころの知れない噂だけがあった。

都内の警察官は総出で、早朝から警邏、警戒にあたっていた。元帥がどこかの滞在場所に無事に入ったと連絡が来るまで、この緊張は続くにちがいない。

制服、私服の区別なく市中に送り出される警察官とは別に、刑事課の渡良瀬政義は、署長室での待機を命じられた。朝礼の訓示を済ませるのでここで待っていろというのだった。

窓際に立ち、晴れた朝空を見上げた。

高い空に、すじ雲が並んでいる。視線を下ろすと、淀橋署の前は浄水場で、濾過池の広い水面に初秋の澄んだ光がおどっている。

この二、三日、朝方は涼しくなってきた。秋が深まれば登美子の混乱する気持ちも落ち着いてくるだろうかと思った。俊則が今日にも帰ってくると言って、俊則が使っていた部屋の掃除や俊則の分の料理を怠らないのだった。

ドアが開いた。

制服を着た署長の上尾は、小太りで、顎の肉がたるんでいる。鼻の下の髭に白いものが混じり、まぶたも頬もむくんでいた。廊下に視線を走らせてドアを閉め、政義を見上げた。

「渡良瀬、別件に当たってくれ」

目が不機嫌だった。政義は黙って次の言葉を待った。

「死体が出た」

内緒事を打ち明けるように告げた。

「殺しですか」

「殺しだ」

「こんな朝にですか」

「え？」

「歴史的な大事件が起きているのに」

「管内に死体が転がっとるんだ。現場へ行くぞ」

「署長もご一緒に？」

「私服に着替えるからちょっと待て」

執務机の後ろの衣服戸棚へ歩いていく。こんな朝に、死体が出たくらいで署長が自ら現場へおもむくとは奇妙だった。しかも政義を朝礼にも出さずに署長室に隠しておいて。

「更衣室に、若いやつがいたな。あいつも連れていこう。呼んできてくれ」

政義は署員の更衣室へ行った。

皆が出払った後のがらんとした室内で、初老の刑事が一人、並んでいる衣服戸棚のひとつを開けて、中の物を布袋に移していた。特高課の楠田だった。着替えの下着、ポマードの瓶、櫛、と手早く放り込んでいく。政義が入っていくと、楠田は瞳に警戒の色を浮かべて視線を投げてきた。

「警備には行かんのか」

「別件に駆り出されてしまって。楠田さんは？」

「休暇を取った」

楠田は衣装戸棚の戸をばたんと閉め、布袋の口を固く締めた。

「しばらく来ないよ」

「お体の具合でも？」

目に怯えの色が浮かぶ。

「マッカーサーが来たらおしまいだ」

「おしまい？」

「天と地が、ひっくり返ったんだよ。俺たちにとっちゃあ」

俺たちというのは特高課員のことだろうが、言いたいことがわからないので、返す言葉が思い浮かばなかった。

「じゃあな、お互い無事に生き延びようじゃないか」

おおげさな別れの挨拶を残し、楠田は布袋を抱えて政義の脇をすり抜けて行った。

奥の腰掛けに、二十代半ばの青年が手持無沙汰なようすで座り、政義と楠田のやりとりを見ていた。坊主頭で、日焼けした顔に、目が好奇心の強そうな光を放っている。着古したシャツに紺のネクタイ、茶色のズボン。海軍の艦内靴だけはぴかぴかに磨き込んである。俊則と同じ年頃、同じ空気をまとう青年だった。政義は一瞬、俊則がいるのかととまどった。

青年は直立した。海軍式の敬礼をし、慌てて下ろした。

「須藤秀夫です。横須賀で現地除隊して、今朝復職しました」

「ご苦労様でした。刑事課の渡良瀬だ。これから一緒に現場へ行ってもらう」

「はい。あの、刑事課の、何係ですか」

「一係だ」

「殺しですね」

須藤は目を輝かせた。探偵映画が好きな少年みたいだった。更衣室を出ると、須藤は廊下の窓から街路を見た。

「マッカーサーが来たらおしまいって、どういうことでしょうか」

楠田の言葉が気になっているのだ。

「敵軍が市民に銃を向けるってことでしょうか」

「もう敵軍じゃない」

政義は歩きだした。

「あの、制服を、まだ支給されていません」

「そのままでいい」

「私は、制服巡査では?」

「出征前の所属は?」

「さあ」

「さあ?」

「ここへ新採で着任したその日に、赤紙が来たので」

背広に着替えていた上尾署長は、政義と須藤を伴い、裏口から出て、新宿駅の東側へ向かった。

あいかわらず不機嫌な顔で、二人がついてきているか確かめもせずに駅舎の東南側へ歩いていく。

日が照ると、空は夏の炎天に戻って、気温は勢いをつけて上がりはじめる。

駅前は、鉄筋コンクリートのビルが幾つか、爆弾の直撃に遭わず、煤で黒く汚れて残っていた。あとは広大な焼け跡だった。

政義が警察官を拝命した昭和の初め頃は、新宿駅は一日に十五万の乗降客数を数える、東京駅を凌ぐ日本一の駅だった。駅周辺にデパートが四つ、カフェー街が二つ、大きなダンスホールも二つあった。眠らない街が、戦時休業で何年も闇に眠っていたが、この春の大空襲で、焼夷弾が降り注ぎ、焼け野原と化した。

瓦礫と雑草と飢えた野良犬しか見なかった焼け跡に、終戦からわずか半月ほどで、新しい光景が広がっていた。

焼け跡の一画に、木の柱を組んでヨシズの屋根で覆った急ごしらえの露店をつくり、雑貨、日用品、食料を売る者があらわれた。土地の親分が「新宿マーケット」と称して、青空市場を開いたのだった。

鍋、手拭い、石鹸、靴、乾物、麦飯のおにぎり。どこから持ち寄ったのか、雑多な品物が売られている。配給制の品物も堂々と並べられていた。

「兄さん、今朝入ったばかりだよ、すぐに売り切れちまうよ」

ムシロにマッチ箱を積み上げた老人が須藤に声を掛けてきた。

「幾ら?」

「二円」

須藤は政義にたずねた。

「公定価格では、いま幾らですか」

「五十銭だ」

須藤は、うわっ、と言い、首を振って通り抜けた。

「これが、自由マーケット、ですか」

「おれたちは、闇市、と呼んでる」

安煙草の臭い、饐えた汗の臭いに混じって、醤油だしの美味そうな匂いがする。大きな釜に湯気が立っている。ヨシズの屋根を支える細い柱に、うどん、と手書きの紙が貼りつけてあった。

売る者買う者が声高にやりとりして朝から賑やかだった。もうグラマン機に機銃掃射される恐れはない。金があれば欲しい物が買える。人々は確かに「自由」を喜んでいる。自由の市は、毎日来るたびに、焼け跡を呑み込んで広がっていく。整地もしていない瓦礫の隙間に、茣蓙や板戸を敷いただけで、自分の家のものらしい古着、家財道具を置いて、座り込んでいる者もいた。

上尾署長は武蔵野館の脇を通って甲州街道のほうへ抜けていく。

「白昼堂々と法を犯しておる」

愚痴るように言った。

「焼け跡に生える雑草は、早いうちに刈り取るに限るな」

闇市が途切れ、焼け野原が広がる。

瓦礫がうず高く積み上げられた一角があった。駅前に市場を作るために、瓦礫をここへ移して捨てたのだろう。瓦礫の山の向こうには、焼け跡と、また闇市がある。道に沿って、茣蓙を敷き、人が座っている。

上尾は、闇市のほうへは進まず、道端に立ち止まり、瓦礫の山をうかがった。

背丈ほどの壁になった瓦礫と瓦礫の谷間に、小道ができている。

上尾は額の汗を拭い、陰になったその小道へ入っていく。

制服の巡査が小道をふさいで立っていた。巡査を脇へ退かせて、こっちだ、と手で招き、政義と須藤を先に行かせた。

瓦礫の山はゴミ捨て場にもなっているらしく、胸の悪くなる臭気がよどんでいる。谷間の小道は、薄暗い袋小路になっていた。腐臭が濃くなった。政義は足を止め、後ろの須藤を手で制した。

須藤が喉の奥でうなった。

短い雑草に覆われた地面に、背広を着た男が倒れていた。手足が不自然な格好に曲がっている。死んだ後でここに投げ捨てられたように見える。痩せているが大柄な男だった。政義は、

「足跡を消すな」

と言い、そろそろと死体に近づいた。

蠅の群れが黒い雲霞となって飛び立ち、狭い空間に満ちた。

金髪の白人男性だった。政義は屈みかけた姿勢で固まってしまった。

死体は、右腹を下にして横たわり、首をねじって、青色の瞳で空を見上げている。眼窩が落ちくぼんでいた。頬にまばらに無精髭が見える。唇を歪めて、瓦礫の底から天に罵声を浴びせているようだった。

政義はゆっくりと立ち上がった。

「アメリカ人か」

「いいか、この件は、箝口令を敷くぞ」

背後で上尾が言った。政義には署長が不機嫌なわけがようやくわかった。死体が出たといっても、ただの死体ではないのだ。しかも、マッカーサーがやってくるこんな日に。

蠅が青い瞳に止まった。卵を産みつけているのか、じっと動かない。政義は、まぶたを閉ざそうともせず、黙って死体を見下ろしていた。

二

監察医が来た。五十歳過ぎの土地の開業医だった。空襲で焼け出され、駅西側の貨物倉庫の片隅で仮の診療所を開いている。国民服姿で、手ぶらで、朝から疲れた顔で道から入ってきた。

「先生、箝口令でお願いします」

「何だ？」

蠅の群れを手で払い、白人だとわかって、驚いた顔で上尾を振り返った。上尾は念押しするふうにうなずいた。監察医はそばに立つ政義にたずねた。

「写真屋は？　死体を動かしてもいいか？」

政義は上尾を見た。上尾は須藤を指さした。

「署に戻って、カメラを取ってこい。私に言われたと言って。ここのことは言うな」

「カメラの使い方を知りません」

「それぐらい聞いてこい」

須藤は駆けだした。

監察医は蠅がうるさいのか、頭上で手のひらを振った。

「軍服じゃない。背広だ。どこから現れたんだ？　外国人の年齢はよくわからんが、たぶん、三十代か」

死体の上に屈むと、頬に触れ、乱れた背広の端をそっと摘まみあげて体をあらためた。

「撃たれてる。左胸の下だ。肩甲骨の脇へ貫通してる。右腹部にも一発撃ち込まれてるぞ。こっちは弾が体内に残っていそうだ。立っていて正面から撃たれたんだ。銃創が大きいな。威力のある銃か、至近距離から撃たれたか、その両方か」

政義は死体の周囲を見まわした。

「ここには血の跡がありませんね」

「他所でやられたんだろう。ここへ担ぎ込んで投げ捨てた」

手首、指先、首の辺りを調べていく。

「死んだのは、昨夜の深夜、日が変わる前後か」

「進駐軍の先遣隊でしょうか」

「それはあんたらが調べることだ。進駐軍にしちゃあ痩せてるな。栄養失調気味だ。脚気だったんじゃないかな。国内で捕虜になっていた米兵かもしれん」

立ち上がって自分の腰を拳で叩いた。

「詳しいことは、開いてみないと。署へ運ぶかね」

上尾は曖昧にうなずいた。

「またお呼びします」

監察医はハンカチを出して手の指を拭いた。

「マッカーサーが今日来るって、ラジオで言ってたよ。それと何か関係があるのかね」

上尾は硬い表情で首を横に振った。

「先生、くれぐれも」

「箝口令、ね。了解了解。帰って朝飯を食ってるよ」

誰にともなく手を挙げて引きあげていく。

政義は、死体の周囲から道端まで、何かの形跡がないか、調べてみた。コンクリートや煉瓦の欠片と雑草で覆われていて、これといった跡は見当たらなかった。

須藤が汗だくになって戻ってきた。旧式の箱型写真機を革ベルトで肩から斜め掛けして、手にフラッシュ板を握っている。

「これと同じのを叔父が持っていましたよ。撮らせてもらったことがあります。これなら任せてください。何を撮ればいいですか」

政義は指示して、死体を八方から撮らせた。素人の撮影が不安で、自分の手帳に死体の姿勢を書き留め、あとは須藤が撮影しているあいだ、空に青い瞳を向ける死体の顔をじっと見つめていた。ふと名前が浮かんだ。

「ウィルさん」

「どうかしましたか」

シャッターを押しながら須藤が訊いた。

「なんだか、ずっとこいつを見てますね」

政義は、ううん、とうなった。何かが気になる、と言ってしまえば薄っぺらだが、そうとしか言いようのない引っ掛かりが、青い瞳を見ている自分の内にあった。

「いったい何者だろうな」

自動車の走ってくる音がした。一台のジープが砂埃をあげて道端に止まった。白く塗られた大型のジープだった。三人の米軍兵士と、一人の背広を着た日本人が降り、瓦礫の壁伝いに入ってくる。米兵のヘルメットには「ＭＰ」の文字が入っている。ミリタリィ・ポリス。米軍憲兵隊。初めて間近に見る進駐軍だった。上尾は姿勢を正して敬礼した。

「ご苦労様です」

米軍憲兵が来ると知っていたからここで待っていたのだ。

憲兵たちは上尾を横目で見て奥まで入ってきた。三人とも大柄で背が高い。政義と須藤は威圧されて瓦礫の壁に背中を押しつけた。先頭の憲兵が死体を見つけ、オオ、と声を上げた。早口の英語で、何か毒づくような口調で言葉を吐いた。腰ベルトの制式拳銃ががしゃがしゃと音を立てて、政義は激した憲兵に撃たれるのではないかと緊張した。

三人のなかで一番年かさと見える憲兵が何か言った。後ろの日本人が、

「犯人は見つかりましたか」

と訊いた。

通訳の者らしい。鼈甲縁の眼鏡を掛け、色白で、頭髪の薄くなった中年男だった。

「現在捜査中です」

背後から上尾が答えた。通訳が英語に直すと、年かさの憲兵は引き返して上尾を見下ろし、何かを言った。通訳が言った。

「あなたは？」

「淀橋警察署の署長です、管轄の」

「死体の身元は？」

「現在照会中です」

「死因は？」

「射殺のようです」

憲兵は現場をぐるりと見まわし、政義の顔に目を留めた。淡い灰色の瞳だった。憲兵が言い、通訳が訳した。

「これはわが軍への敵対的行為だと考えますか？」

「米軍への抵抗という意味ですか？　まだ何とも」

政義の言葉に被せて、上尾が言った。

「それはないと思います」

「早急な解決を望みます。本来ならば、我々米軍憲兵隊が権限を持って捜査に当たる事案であるが、この地の事情にまだ疎いので、直接の捜査は現地の警察に任せます。捜査の経過を逐一報告してください」

「逐一、といいますと？」

政義は眉根を寄せたが、上尾が、

「承知しました」

と受けた。

年かさの憲兵は死体に近づき、蠅を追い払い、そっとまぶたを閉じた。憲兵がつぶやき、通訳が言った。

「死体は引き取ります」

「えっ」

政義は驚いた。

「それは困ります。署に移して解剖しなければ。体内に、貫通していない銃弾が」

「渡良瀬」

上尾が制した。

「しかし、死体を持っていかれると捜査に支障が出ます」

憲兵は須藤を見た。厳しい視線が写真機に注がれる。

「死体の写真を撮りましたか」

通訳は詰問する口調だった。須藤が口を開く前に政義は首を横に振った。

「いいえ、まだです。これから撮影しようと」

「撮影はしないように」

須藤が反発する顔になる。政義は、

「要らないとおっしゃるんだ。カメラを署へ置いてこい」

顎で、行け、と促した。

「早く」

背中を押して追いやった。上尾が睨んでいる。政義が見返すと空を仰いだ。通訳は須藤の後ろ姿を不審そうに見送っていたが、政義に向き直った。

「既に写しましたか」

「いいえ」

通訳は、憲兵の横顔をチラと見上げ、自分の言葉で政義に言った。

「連合国司令部は、日本を直接統治せず、間接統治するとしています」

「それがどうかしましたか」

「しかしながら、状況次第では、いつでも直接統治に変わる可能性があります。厳格な軍政に。老婆心で申し上げるが、日本国民はいま試され観察されていることをお忘れにならないことです」

眼鏡の奥の目は冷たく、自信たっぷりなものの言い方だった。政義はその目を見返した。

「あなたは、日系のアメリカ人ですか?」

「日本人です」

「いつからこの仕事に?」

政義の問いに含まれた揶揄に気づいて、通訳は不愉快そうに口の端を曲げた。

「今日雇われましたが、この先、長くこの地位にあるでしょう。あなたは？　今日のところはまだ刑事ですが、この先は？」

政義には答えられなかった。

「この国は連合国軍の統治下に入った。ご自身の心配をなさるほうがいい」

三

幌付きのトラックが来て、米兵たちが死体を回収していった。憲兵のジープも去ると、上尾署長も背を向けた。

「後は頼んだ。元帥がもう到着しているかもしれんので、私は」

「ホトケを盗られて、現場には手掛かりも何もありません」

政義は背中に声をぶつけた。

「それを、私一人でやれと？」

上尾は振り向いて不機嫌な顔で睨んだ。

「若いのがいるじゃないか」

「須藤はそもそもどこの所属ですか」

「今日から刑事課だ」

遠くを眺めて立っている制服巡査を指さした。

「死体の発見者だ。渡良瀬は周辺の聞き込みをして、報告書を出してくれ。それをさっきの憲兵隊に送れば、後は向こうが引き継ぐだろう」

「それでいいんですか」

「後は何ができる？」

声が苛立っている。

「この国の警察権力自体が、どうなるのか先が知れんのだ。あの連中にケチをつけられんように、手早く片付けろ」

「しかし」

「何だ」

「どうして私に」

「こんな事案には、ワニガメでないとな」

踵を返して去っていった。

ワニガメは外国にいるカミツキガメで、スッポンより強い顎で喰らいつくという。スッポンと呼ばれる刑事が何人もいる刑事課で、政義はワニガメとあだ名されていた。政義は、からっぽになった袋小路を見た。米兵たちに踏み荒らされ、瓦礫も雑草も元の状態を留めていない。蝿の群れさえどこかへ飛んで散っていった。ゴミの腐臭だけが鼻を衝く。

戦禍が広がる以前なら、大掛かりな捜査が始まる場面のはずだった。署から司法主任の警部補が刑事や巡査をひきつれて現れ、警視庁から捜査車両が連なって駆けつけ、検事局からも検事の車がやってくる。鑑識係が人海戦術で現場をしらみつぶしに調べ、刑事たちが近隣の聞き込みに散っていく。そんな幻影がまぶたに浮かび、それを追い払うと、政義は、ぽつんと独りで立っていた。

「それを俺一人で。くそったれが」

「はあ、何でしょうか？」

傍らに立つ制服巡査を見た。初老の日焼けした男だった。政義より年上だろう。人手不足の警察署に戦時の臨時再任用で戻った引退警官のようだった。

「発見したいきさつを教えてもらえますか」

「はあ」

にっと笑うと上の前歯がなかった。片手を振って新宿駅の方角を示した。

「夜が明けた頃、駅前を巡回しておりました。闇市の連中が集まりだしていたんですが、ガキが一人、寄ってきまして」

「ガキ？」

「男の子です。空襲で、家も家族も失くして、親戚や施設へ行ってたのが、この頃は何人も焼け跡に戻ってきて、うろついていまして。戦災孤児っていうんですか。そいつが、人が死んでるって言うもんで、来てみたら」

「その子はどうやって死体を見つけたんです？」

巡査は死体のあった袋小路を目で示した。

「便所代わりにここを使ってるそうで。この辺りで寝起きしてるらしいんです。明け方、目を覚まして、クソをしたくなってここへ来たら、人が死んでたって。それで、駅の交番へ知らせに行こうとして、私に会ったんです」

政義は道へ戻り、焼け跡に目を走らせた。

「その子は？」

「居所は聞いてます。ゴン太っていうそうです」

「本名ですか」

「あだ名でしょう。六歳か、七歳ぐらいで」

巡査は先に立って闇市へ歩きだした。

「後で行くから出歩くな、と言ってあります。一応、箝口令も敷いておきました。ホトケが外国人だとわかっていたかどうか……」

渡良瀬さん、と呼ぶ声が追ってくる。須藤が走ってきた。何度も署と行き来させられて全身汗まみれだった。政義に並ぶと、息を切らせながら言った。

「現像を、頼んでおきました」

「あの写真は隠しておこう。進駐軍にバレたら没収される」

「そう思って、念のために、二組、焼いてもらってます」

「気が利くな」

「死体は？　持っていかれたんですか」

「米兵がトラックに積んでいった」

須藤は瓦礫の山を振り返って、あいつら、とつぶやいた。

「早急な解決を望むなんて、よく言えたもんですね」

巡査の背中を見た。

「それで、どこへ行くんです？　私もこのままついていっていいんですね」

「須藤は刑事課に編入だ」

政義は目の前の露店の群れを眺めた。

闇市は、区画ごとに、異なる親分が仕切っている。新宿界隈は幾つもの縄張りに分かれていた。署長は、土地の不法占拠、統制品の闇売買を取り締まりたいが、敗戦直後では警察にその力はない。親分衆と話し合って、せめて管轄区内が無法地帯にならないよう、治安維持に努めるしかなかった。

瓦礫の山の向こう側の闇市は、駅前からは離れていて、焼け跡の奥に、ぽつんと出現した一画だった。

露店の幾つかは、トタン板やヨシズの屋根を立てている。おおかたの露店は、屋根のないまったくの青空市で、風呂敷や板切れを敷いた上に、靴下、毛布、煙草、マッチ、岩塩、干し芋、と雑多に並べている。

「慰問袋に入ってるやつだ」

須藤は、歯磨きセットや石鹸、ビスケット、キャラメルを指さした。

「ゴン太」

制服巡査が呼んだ。

露店の後ろの瓦礫に座って、上半身裸の男の子がシケモクを吸っていた。片手に持った下着のシャツに煙を吹きかけている。煙でシラミを燻しているのだ。巡査が手招きすると、シャツをコンクリートの塊の上に置き、シケモクを口の端に咥えて露店のあいだを抜けてきた。まだらに刈り上げた髪、むくんで丸い顔、あばらの浮き出た体に腹だけが膨らんでいる。巡査は六、七歳ぐらいだと言ったが、感情のない細い目は、ふてぶてしくも見え、大人みたいな光を宿していた。

「ちょっと話を聞かせてくれ」

巡査が言うと、シケモクの火を親指と人差し指で摘まんで消し、ズボンのポケットにしまった。

政義は身をかがめた。

「ゴン太っていうのか？　本名は？」

「おっさんコセキチョウサの人か」

口から煙を出した。須藤が、

「このガキ」

と拳を挙げたが、ゴン太はジロリと拳を見上げただけだった。政義は焼け跡を眺めた。

「君はどこで寝てるんだ?」

ゴン太は露店の背後を指さした。瓦礫のなかに、板切れで三角屋根の箱のようなものが作ってあった。犬小屋より少し大きい。出入り口に、映画のポスターが貼られた板切れを立て掛けてある。雨風でぼろぼろになったポスターは『鞍馬天狗横浜に現る』だった。

「鞍馬天狗が好きか」

「だったら何だ」

政義は、怒鳴りつけそうになる須藤を目で抑えた。

「マーケットの人たちは皆この焼け跡で寝泊まりしてるの?」

「違わい。夜は俺が独りで、この番小屋で番をしてるんだ」

ゴン太は痩せた胸を張った。政義は死体のあった瓦礫の山を指さした。

「昨日の夜、あそこに出入りした人がいなかったか?」

首を横に振った。

「わからねえ。俺は一回寝ついたら朝まで目が覚めないんだ」

須藤が、クッと笑った。ゴン太は顔に怒気を浮かべ、いきなり須藤の足を蹴った。

「このクソガキが」

ゴン太は、すばしこく露店の後ろへ退いて須藤を睨んだ。

「おまえらにはもう教えてやらねえ」

政義はその言葉を捕らえた。

「何を？」

「車の音が」

口を閉じた。

「昨日の夜、車が来ていたのか」

ふん、と横を向いた。須藤が嗤った。

「寝たら起きないおまえが、車の音を聞いたはずがない」

「俺じゃねえ、食堂のおっちゃんは嘘つきじゃねえぞ」

コンクリートの小片を投げつけてきた。須藤が、この野郎、と足を踏み出すと、

「クソおまわり」

瓦礫の陰に逃げていった。

四

道に面して長テーブルをひとつ置き、「青佐食堂」と墨書した板切れを立て掛けている。卓上の皿に、麦飯のおむすびを並べて、食卓用の蚊帳を被せてある。二十歳ぐらいの娘が団扇でそれを扇いでいる。蠅を追い払っているのか、おむすびが暑気で傷むのを防ごうとしているのか、どうやらその両方であるらしい。足を止めた政義を見あげた。

「いらっしゃい」

制服巡査を従えた政義を刑事だと見て、丸い愛嬌のある目に、緊張の色を浮かべた。化粧っけがなく、そばかすが浮いて子供っぽくもある。

政義は、卓上の端に積んである缶詰を見下ろした。ラベルのない裸の缶だった。

「これは?」

「牛肉の大和煮です。そっちは、鮭の水煮」

ほぉ、と驚いた。長いあいだ見たことのない高級缶詰だった。

「幾ら?」

「六十円です」

「六十……」

娘の後ろでは、煉瓦とコンクリート片でカマドを組み、大鍋を乗せて、何かを煮ている。五十代半ばの半白髪の男が柄杓で掻きまぜていた。政義は声を掛けた。

「青佐食堂。戦前から、確か、この近所にありましたね」

男は政義を見た。顔立ちで娘と親子だと察しがつく。おとなしそうで、瞳に陰がある。柄杓を上げ、焼け跡の向こうの端を指した。

「甲州街道に面して、店を出していました」

向こう端の、街道の縁まで、瓦礫と雑草が広がっている。

「空襲で残ったのは、この鍋ひとつです」

「娘さんがいるじゃないですか」

青佐は、ちらと笑った。陰のある瞳に、人の善さそうな暖かい色も見える。大鍋に木の蓋をして、柄杓を持ったまま、長テーブルの手前に歩いてきた。ゴン太の消えた辺りに目をやる。

「あの子をあまりいじめないでやってください。天涯孤独の身の上でしてね。他所から流れて来た子です。深川辺りに家があったらしいんですが」

「下町は空襲でえらくやられましたからね」

「集団疎開してたあの子だけが生き残って。上野で野宿していて、酷い目に遭ったらしくて。新宿駅に流れてきてうろついてたのが、ここに居ついたんですよ」

「番小屋で寝ているとか?」

「まるで野良犬でね、子犬ですが」

須藤が、

「しつけを教えなきゃ」

と言うと、娘は、

「刑事さん」

と須藤を見た。

「あの子は気持ちの優しい子なんです。知らない人には、あんなですけど」

須藤は言葉を返せずに、はあ、とうなずいた。政義は青佐に訊いた。

「ゴン太君が死体を見つけたことは?」

「聞きました」

「昨夜、車が止まっていたと、あなたが言ったそうですね」

青佐は柄杓を握りしめて目を泳がせた。

「はあ、ええ。私も寝ていたんです。車の音で、ぼんやり目を覚ましただけで。またすぐに眠りましたから、ほとんど何も」

「夜間に、この辺りに車が入ってくることは?」

「ありません、ただの焼け跡ですから」

「青佐さんも焼け跡で寝ているんですか」

青佐は、こちらへ、と促して数歩歩き、闇市と焼け跡の先を指さした。土蔵の残骸にふさがれていた視界が開け、バラックの掘っ立て小屋が十軒ほど寄りかたまっているのが見えた。焼け残った廃材を掻き集めて建てた仮住まいだった。

「このマーケットの者は、あそこに住まわせてもらっています」

政義は、粗末な小屋の群れを眺め、死体のあった場所を振り返った。百メートルも離れていない。

「普段聞かない車の音がしたのに、目がはっきりと覚めなかったんですか？」

「疲れていたのでね。覚めたとしても、だいいち私の部屋には窓がありませんし」

小屋のなかには、板壁に四角く窓を切って目隠しの布を垂らしているところもあった。政義は娘に向いた。

「あなたは？　車の音で起きましたか？」

娘は団扇を扇ぐ手を止め、父親を見た。青佐はうなずいた。

「嘘はつかなくていい」

娘は丸い目で政義を見上げた。

「夜中に目が覚めて、眠れなくて、布団でぼんやりしてたら、車の音がしました。駅の方角から来て、しばらく止まっていて、ここを通って走っていきました」

「何時頃？」

「さあ、時計がないので。夜中の、一時か、二時か。止まっていたのは、五分か、十分ぐらいです」

「あなたの部屋には、窓は?」

また父親をうかがい見た。青佐がうなずいたので、

「あります。暗いし、遠いので、よく見えなかったんですが、黒い、大きな自動車が」

死体のあった場所へ入っていく道端を指さした。

「その車を、これまでにこの辺りで見たことは?」

「わかりません。暗かったし、車って、どれも同じに見えますから」

「見たのは車だけですか」

「はい」

「車の音の他に、何か聞こえましたか?」

「何かって?」

「何でもいいんですが」

娘は思い出そうと首を傾けた。

「いいえ、何も」

政義は、ありがとう、と言い、青佐に向き直った。

「この近所で、そんな車を所有している人はいますか?」

「ここは焼け跡ですよ」

と苦笑した。政義はその言葉を確かめるように周囲を見わたした。

掘っ立て小屋の群れの向こうに、ひときわ目立つ白い建物があった。二階建て、箱型の、しっかりした普請で、新しいトタン板の三角屋根を乗せている。

「あそこは？　誰が住んでいるんです？」

青佐は、かまどに戻り、吹きこぼれそうな大鍋の木蓋を開けた。柄杓で掻きまわして、足元の薪をくべる。返答を待つ政義の視線に、

「城野(じょうの)さんの事務所兼自宅です」

ぶっきらぼうに教えた。

「このマーケットを仕切っている親分さんですか？」

「親分？　管理人といったほうがいいかな」

「城野さんは車をお持ちですか」

大鍋のなかを見つめている。政義は目を細めて白い建物を見やった。

五

玄関は甲州街道に面していた。

二階建て、箱型の家屋は、白いモルタルが塗られて、真新しい。焼け跡の風景からは浮いて見える。街道との境に、古い土壁の一部が黒く焦げて残っていた。空襲前は何かのお屋敷だったと、政義は、うろ覚えの記憶がよみがえった。

玄関は、洋風の一枚ドアで、「城野」と表札が掛かっていた。

政義はドアを叩き、案内を待たずにノブを回した。

油をひいた板敷の事務室だった。事務机が二つ。右手に、ソファーの応接セットが据えてある。新築の木材の香りと、床びきの油の臭い、煙草の紫煙が籠っていた。

ソファーで、三人の男がだらしなく座って煙草を吹かしている。目配せをし、何食わぬ顔で煙を吐く。二人は、十代後半、凄みのあるまなざしで政義をうかがう。隙をみせれば飛びかかってくる野犬を思わせた。

「ああ、刑事さん」

もう一人が声をあげた。

「ご無沙汰してます、って、まだ半月も経っちゃいねえや」

玉音放送の日に逃げられた戸塚だった。こざっぱりとした綿のシャツに、麻の夏物の背広を羽織っている。

「戸塚、こんなところに潜り込んでたのか」

「へへ、刑事さんはまだ警官やってるんですか。それとも、うちのマーケットで店を出す相談に来なさった?」

　あの日と変わらない政義の姿に呆れたというふうに嗤う。

「城野は居るか?」

「社長は外出中ですがねえ」

　政義は事務机の奥のドアを見た。沈黙が続いた。政義はドアへ歩きだした。二人の若い男が立ってきて行く手をふさいだ。

「外出中だと言ってるんだ。引き取ってくれ」

　顎を上げて見下すような目で威嚇してくる。政義はまっすぐ見返した。

「おまえらはここで寝泊まりしてるのか」

「何だと?」

「今朝、ここのシマでホトケが出た」

「知らねえよ、俺たちがどこで寝ようが関係ねえだろ」

　須藤が政義の前に出た。

「警察に盾突くのか」

「警察?　関係ねえんだよ」

　ソファーで戸塚が鼻から煙を出した。

「刑事さん、この家の人間は、いわゆる第三国人、つまり、戦勝国の国民ですから。敗戦国の警察の捜査権は、及ばないんじゃないですか」

須藤は、

「何だと」

と男たちと睨み合った。

「入ってもらえ」

ドアの向こうから声がした。

須藤は男たちを押しのけてドアを開け、政義に先を譲った。

ホテルの一室をそのまま移してきたのかと見違える調度類が並んでいた。革張りのソファーと重厚な樫材の円卓、奥には、洋箪笥とベッド。窓際の飾り棚に、一振りの軍刀が飾られている。

カーテンを開けた窓を背にして、男が立っていた。上質のベージュ色の背広の上下に、茶色の革靴。肩幅が広く、背が高い。三十歳頃、髪をポマードでオールバックに固めた、彫りの深い精悍な顔つきだった。駅前の闇市でも、この頃はこの手の男たちが肩で風切って闊歩している。政義たち警察官が「抜き身のナイフ」と呼ぶ類いの無頼漢で、眼前の男は、それでいうなら特に切れ味が鋭そうだった。

「淀橋署の渡良瀬だ」

男は政義の前まで来て見下ろした。切れ長の目は、静かで凄みがある。相手の力量を冷徹に量って、たとえ難敵でも動じることのない瞳だった。

「城野です。本名は、郭。郭忠信。台湾人です」

「今朝、この近くの焼け跡で、死体が見つかったんだが」

「知りませんでした」

服に埃がついていますよと教えられた程度の反応だった。政義は室内に目をやった。ベッドは、掛布団が丁寧に畳んである。枕もとの脇机には、トリスの瓶とコップ、四つに折り畳まれた新聞。床にはゴミも汚れ物も見当たらなかった。

「昨夜はここに？」

「毎晩ここで寝ています」

「夜中に、何かの音で目が覚めなかったか」

「いいえ。朝までよく眠りました」

「最近、この界隈で、何か変わったことはなかったか。喧嘩や、揉め事」

城野は穏やかな笑みを浮かべた。

「ここは他所のマーケットに比べれば落ち着いたものです」

「他所とは違うと？」

笑みは冷笑に変わった。

「他所では、テキヤの親分が人様の土地を不法占拠して、えげつなく稼いでいますが」

背広のポケットから煙草の箱を取り出した。銘柄は「光」だった。戦中にはほとんど見かけなかった高価な煙草だ。ソファーセットの円卓にあった風見鶏の置物のライターで火を点けた。天井に向かって煙を吐き、煙の流れを目で追う。

「この一帯は、さる華族の所有地です。私は、お許しをいただいて、土地を管理しています。世の中が落ち着くまでここを守っているのです」

「さる華族とは?」

無言で紫煙をくゆらせている。

「ここのマーケットは、つまり、さる華族が経営なさっていると?」

「違う。マーケットは私が一切を取り仕切っている。さるお方はここの土地をお持ちになっているというだけだ」

瞳に凄い光が増した。土地の所有者にまで捜査を及ぼすなというのだ。

「車は持っているか?」

「私が?　いいや」

「その華族は、自家用車はお持ちか?」

城野の眼光が強くなる。

「たとえ持っておられても、ここへ来られることはないよ」

政義の胸元に煙を吹く。そろそろ帰れ、か。城野は、政義の後ろに立つ須藤が艦内靴を履いているのに目を留めた。

「君は海軍か？」

「はい。横須賀で現地除隊です」

「私は、台湾海軍航空隊にいた郭だ」

「ああ、やっぱり。お噂は聞いております」

須藤は敬礼した。

「淀橋署だな」

「はい。今朝、復職いたしました」

「よかったな、職があって」

城野はうなずき、

「こんな時代だからな。一歩まちがえば、闇に落ちてしまう。同じ海軍のよしみだ。困ったことがあったらいつでも訪ねてきてくれ」

「ありがとうございます」

政義は、須藤と巡査を伴って建物を出ると、焼け跡を横切って歩いた。

「郭は海軍では有名なのか？」

「大陸で名を馳せた撃墜王です。知らないんですか」

「そういえばニュース映画で観たことがあるな」

「伝説の郭大尉。英雄です。どうしてこんなところにいるんだろう」

掘っ立て小屋のあいだを通り抜けて闇市へ引き返していく。年配の巡査は、戦前この界隈を担当していたことがあると言い、もの知り顔で教えた。

「ここは、江戸時代は東北の或る大名の下屋敷だったそうです。維新の後は、西国の小大名だった華族の土地になったとかで。勝てば官軍というやつですよ。空襲前は、屋敷の一部が残ってましたね。土塀に囲まれて、土蔵が並んで」

「そうだったな。どこの華族だったか」

「確か、広島だったか、岡山だったか」

政義は思い出した。

「比良坂侯爵だ」

「そうそう、比良坂藩です。伯爵から侯爵へ出世したんでしたね」

「それは先代のときだな。そうか。侯爵家の闇市か」

政義は須藤を見た。比良坂家は海軍にゆかりの名家だった。日本海軍の父とも守護神とも呼ばれる比良坂侯爵の名前が出て、海軍にいた須藤はひるんでいないかと気になった。

「えらいのが出てきたな」

それは、息子が海軍にいた政義にもいえることだったが、特攻で俊則を失った政義には、ただ畏れ多いというよりは、複雑な、重い、ざらざらした気分がまとわりつく名前だった。

須藤は言った。

「郭大尉がここを守っていると言った理由がわかります。この焼け跡が比良坂侯爵家の土地だからですよ。それに、青佐食堂の主人が、住まわせてもらっていますと言ってたのも、侯爵の恩情で、という意味だったんですよ」

闇市へ戻り、聞き込みを続けた。小屋の住人で、昨夜半、車の音を聞いた者は数人いたが、青佐父娘の証言以上に得るものはなかった。

道を引き返し、死体があったそばの道端を調べた。車のタイヤの跡が幾つか残っていた。須藤がひとつひとつ指さした。

「こっちにあるのは、さっきの進駐軍のタイヤ跡です。アメリカでは車両は右側通行で、停車するときも道の右側に寄りますから」

幅の太い跡と、それよりは細い跡とを示す。

「これがトラックの。こっちが、ジープの。ほとんど重なってますね」

須藤は道の反対側へ移る。

「昨夜の車は、新宿駅の方角から来た。もし日本人の運転なら、道の左側に停車します。だったら、それが」

タイヤ跡のひとつに近づく。乾いた道に、わずかに残っている。政義は、手指を使って幅や長さを測り、手帳に轍の溝の形を写生した。

「他所で射殺して、車でここへ捨てに来たんだ」

須藤は周囲を見まわした。

「でもどうしてここだったんでしょうか。車なら、こんな人目につく町なかじゃなくて、山とか、海とか、もっと遠くまで、人のいない場所まで、運べたはずです」

巡査が口を開いた。

「昨夜は、進駐軍の先遣隊があちこちで警戒していましたよ、マッカーサーが来ますからね。真夜中に白人の死体を積んで長距離走れば、どこかで検問に遭うと恐れたんじゃないですか」

政義は別のことを考えていた。犯人は、この焼け跡が華族の比良坂家の土地であると知っていたのだろうか。知っていて射殺死体を捨てたのだとすると、そこに何らかの意図が隠されているのではないかという気がした。手帳をポケットに入れて立ち上がり、駅のほうへ歩き出した。腕時計を見た。正午を過ぎている。

「比良坂侯爵が車を持っているか、確かめておこう」

「どうやって確かめるんです?」

「直接、訊くしかない」

「これから侯爵家へ?」

「比良坂侯爵のお屋敷は、確か、麻布にあった。省線で行こう」

「本当に行くんですか。さっき郭大尉が」

政義は足を止めた。

「須藤、俺たちは、何だ?」

答えを聞かずに歩きだす。内心で、今日のところはまだ、とつぶやいた。

六

恵比寿から、古川を渡り、広尾を東へ歩いた。

都電は電力不足で走っておらず、午後の日射しが、まばらに焼け残った住宅街をあぶっている。

飲食店は戦時の配給統制で休業していたがいまはどうだろうかと道筋に目をやる。パン屋がガラス戸を開けていて、棚に食パンが並んでいる。政義は、一円のコッペパンをひとつ買い、半分にちぎって、須藤と食べながら歩いた。噛むと、ぱさぱさだった。小麦粉に何かの代用品を混ぜてあるようで苦い味がした。

「渡良瀬さんは、弁当は持ってこないんですか?」

「署に置いてきた」

須藤はパンを飲み込んで、しゃっくりをし、自分の胸を拳で叩いた。

「渡良瀬さんは、お宅は? 大丈夫でしたか?」

「空襲は免れた。須藤の家は?」

「深川の吾妻橋でしたから」

「焼けたのか」

「復員してみると、町ごと焼け野原です。両親と、妹弟四人、婆ちゃん、全員行方不明で」

政義は沈鬱な顔でパンを咀嚼するばかりだった。

「俺もゴン太と同じです。宿無しで。海軍の同期のところに転がり込んでいるんですが。いつまでも居候ってわけにもいかないですし」

焼け残った町並みを行くと、四つ辻の一角に交番があった。制服巡査が、人けのない道を、流れる汗も拭かずに見まわしている。

政義は身分証を示して比良坂侯爵家の場所をたずねた。巡査は、坂道を振り仰いだ。

「この坂を上がっていけばわかります。大きなお屋敷ですから。警戒命令がなかったらご案内するんですが」

「マッカーサーは到着したか？」

巡査は困った顔になった。

「署から何の連絡もなくて。こんな住宅街を戦車の列が移動するはずもないんですがね」

戦闘部隊の大行進を想像しているようだった。

緩やかな坂を上がっていくと、道に沿って、古い煉瓦塀が続いている。ガラス片を植え込んだ高い塀の内側では、手入れの行き届いていない杉や樫の樹々が葉を暗く繁らせていた。

鉄の二枚扉を閉ざした正門があった。脇の通用門に、呼び出しボタンが付いている。

「行くんですね」

須藤の声は、ためらいに反撥が交じっていた。周辺の聞き込みをして報告書を出せ、後は向こうが引き継ぐだろう、と言った上尾署長の言葉がよみがえる。

政義はボタンを押した。

しばらく待った。門の内は静かなままだった。もう一度押そうとすると、扉の向こうで、

「どちらさまでしょうか」

男の声がした。

「淀橋署の渡良瀬と申します」

のぞき窓が開く。身分証を掲げた。

「どういったご用でしょう?」

政義は声を落とした。

「今朝、新宿の、侯爵家の所有地で、身元不明の死体が見つかりました。それで、少しお話をうかがいたいのですが」

「御前様から、直接に、ですか」

「はい」

間があいた。

「しばらくお待ちください」

靴音が離れていく。のぞき窓を閉め忘れている。一介の警官ふぜいが予告もなしにやってきて殿様に面会を求めたのに驚いたのかもしれない。

「誰ですか？」

女の声がする。男が、

「ジゲビトが。しかも警官が」

と答えている。須藤がささやいた。

「ジゲビトって何ですか？」

「さあ？　俺たちのことかな？」

空襲に焼け残った坂の上のお屋敷町は深閑としている。どこかからピアノの曲が聞こえてくる。須藤は不思議そうに耳を澄ませた。

「聴いたことがあります」

「ショパンのノクターンだ」

「詳しいですね」

「クラッシックはよく聴いたよ、戦争前は」

ここに立ってショパンを聞いていると、戦争があったことも、敗戦で進駐軍が上陸してきたことも、本当にあったことなのかとおかしな錯覚に陥る。家に俊則がひょっこりと帰ってきて、長い旅だったよ、と笑うのではないかという思いが湧く。

軋む音がして通用門が開いた。

六十歳くらいの小柄な男が立っていた。鷲鼻で、唇が薄い。糊の効いた白いシャツに、皺のない黒いズボン、汚れのない黒靴。

「もう一度身分証を拝見できますか」

落ち着いた、底光りする目で政義の顔を見つめる。さっきの声だった。こういう上流階級のお屋敷にいる執事というやつか、と思い、政義は身分証を手渡した。執事は、所属や姓名を確かめ、身分証を返し、

「こちらへ」

と案内した。

糸杉の並木道を歩いた。

正面に、二階建て石造りの洋館がどっしりと構えている。張り出し屋根を石柱で支えた玄関。ルネッサンス様式というのか、左右対称のフランスの宮殿を思わせる建築物だった。ホテルや省庁としては見たことがあるが、個人の邸宅で見るのは、しかも中へ入るのは、初めてだった。執事は正面玄関の石段を上っていく。

「勝手口からじゃなくてよろしいんですか」

「どうぞ」

さっさと済ませて帰ってくれという顔だった。

玄関ホールに入ると、空気がひんやりとしている。大理石の大階段を上がっていく。広い踊り場に、海と空を描いたステンドグラスの大窓がある。

一人の婦人が立っていた。太りじしの、頬の垂れた五十歳ぐらいの婦人で、髪を団子みたいな丸髷に結い、紫の絽の着物に薄紫の帯を合わせている。じろりと政義を、ねめつけた。冷然と見下すまなざしだった。政義は、ジゲビトは「地下人」、昔の貴族が身分の低い庶民を呼ぶ言葉だ、と学校で習った知識を思い出した。

「職務ご苦労です」

さっき門の内で聞こえた声だった。

比良坂侯爵夫人。京のお公家様のお姫様が嫁入りしたという記事を、学生の頃に読んだ。戦争中は、銃後の婦人の会か何かで役職に就いていて、国防の母などと呼ばれていた。いまもなお毅然としている。逆風が吹きつけない深窓に暮らしているのだともいえた。

「主人は体調がすぐれません。手短に願います」

命令の響きだった。政義は身を屈めて通り抜け、強い眼光を背中に感じながら二階の廊下に上がった。

執事が大きな高い二枚扉を開ける。

窓の大きな、明るい洋間に通された。

右手の壁一面がガラス棚で、陶器や仏像、工芸品、巻物を納めた木箱などを並べてある。鑑賞するための広いテーブルもあった。テーブルの端に、ステッキが掛けてある。脱ぎ捨てた白い手袋が置かれている。ここは、書斎、趣味の部屋といった場所だろう。

左手の、窓際には、大きな本革の安楽椅子があり、新聞や雑誌の写真で見た比良坂侯爵が身を預けていた。執事が告げた。

「連れて参りました」

七

比良坂侯爵は、長い白髪を後ろに流し、白い顎鬚を蓄えている。六十歳を過ぎた、大きな、のっぺりとした顔で、額の深い横皺、まぶたの垂れた眠そうな目、厚い下唇、広い耳朶。新聞のポンチ絵にでも描かれそうな特徴だが、安楽椅子で身じろぎもせずにこちらをまっすぐに見つめる姿は、威圧感があり、明治の元勲の肖像画のようだった。大島紬の夏物に、青いスリッパを履いていた。窓を閉めてレースのカーテンをひいている。室内は蒸し暑く、温室に入ったように感じられた。侯爵は血色が悪く、汗もかいていない。

「渡良瀬です。淀橋署から参りました」

侯爵は喉の奥で痰が絡んだような咳をした。

「焼け跡の死体というのは、うちの関係者なのか」

太いがらがら声が出た。

「身元を調査中です」

「ただの行き倒れかもしれん」

「死体は白人男性です。銃で撃たれています」

侯爵はしばらく無言だった。表情に何もあらわれないのは、やはり肖像画のようだった。肩をわずかに動かして、安楽椅子のなかで居ずまいを正した。それなりに衝撃を受けたのかもしれない。

「背広を着ておりましたので、軍属かどうかは、まだわかりません」

「進駐軍は、このことは？」

「知っています。米軍憲兵が死体を回収していきました」

侯爵は虚空を眺める。腕を乗せている木の肘掛けを、指先で、こつ、こつ、と打った。すると、かたかたと微かな音がしはじめた。日射しを浴びた小卓に鳥籠が乗っている。文鳥が止まり木から止まり木へ、せわしなく飛び移っていた。侯爵は視線をこちらへ流した。

「よく知らせてくれた。内務大臣になった山崎君は知った仲だ。私からも声を掛けておこう」

鳥籠に顔を向けたが、また政義を見た。

「わたらせ、という名前は、渡良瀬川の渡良瀬か？」

「はい」

「その姓は、多いのか？」

「少ないかと思います。これまで同じ姓を見掛けたことはありませんので」

「わたらせ……」

何かを思い出そうとする遠い目だった。

「家族か親戚かで、神風隊に参加した者はいなかったか？」

「息子が、特攻隊として出撃しました」

侯爵は、ははあ、と口を開けた。

「それでか。私は、隊員名簿を全て読んでいたから。その姓に記憶があった。出撃はいつだね？」

「今年の五月に、浜松で別れました」

侯爵はうなずいた。がくん、と力を失くしてうなだれたふうにみえた。鳥籠で文鳥が、ちち、ちち、と鳴いている。

「あれは」

侯爵は顔をしかめ、

「あの作戦は」

首を横に振った。

「愚策だった」

政義は、侯爵を睨みつけ、慌てて目を伏せた。比良坂の名前が出たときからずっと感じていたざらざらした気持ちが、急に怒りの感情に進むのを覚えた。怒りを顔に出さないように懸命に抑え込んだ。

目の前のこの老人は軍属ではない。しかし、明治維新以来、日本海軍の創設、発展に貢献した華族の家柄で、海軍の父とも呼ばれ、特攻隊の隊員名簿を読める地位にいた人物だ。いまになって、特攻を愚策だったと言う。俊則の死の意義を否定する言葉だった。

政義の静かに吐く息が震えた。

「ああ、そういえば」

侯爵は顔を上げた。

「沖縄戦の頃に出撃した特攻隊員で、米軍の捕虜になった者たちがおる。戦争も終わり頃になると、整備状態の良くない特攻機も混じっていた。飛び立ったものの、敵艦までたどりつけず、かといって本土まで引き返しもできず、沖縄諸島に不時着した。米軍の捕虜となり、現在も捕らわれたままだ」

わたらせ、と口のなかでつぶやく。

「下の名前は？」

「俊則です。渡良瀬俊則」

「米軍の捕虜になった者の名簿があると聞いた。手に入るかもしれん。もう既に米内さんの辺りが動いておるかな。少し突ついてみよう。君は、淀橋署におるんだね」

「はい。よろしくお願いします」

素直にそう言い、お願いした自分にすぐに腹が立った。

侯爵は鷹揚にうなずいた。もう下がってもいいぞという合図だろう。目の光が弱くなり、文鳥にぼんやりと顔を向ける。部屋の隅で控えていた執事が、

「では」

と声を掛けた。

「あの、あとひとつ、よろしいでしょうか」

侯爵の視線が戻る。

「こちらのお屋敷では、自動車をお持ちでしょうか？」

「ああ。ある」

「お見せいただけないでしょうか」

侯爵は執事に目をやった。

「立原、連れて行ってあげなさい」

政義は侯爵に訊いた。

「昨夜、自動車を、どなたかがお使いになりましたか？」

侯爵の瞳に底光りする色が宿った。ジゲビトに無礼な口をきかれて気分を害したらしい。政義が見返すとそれは無表情に替わった。

「さあ、わからないが。立原に訊いてもらおう」

執事に言った。

「警察の捜査には何事にも協力しなさい」

政義はお辞儀をした。

「お邪魔しました」

「何かわかれば連絡しよう」

俊則の生存確認のことだ。政義は回れ右をし、須藤を促して廊下へ出た。

くそっ、と胸中で吐き捨てた。政義の弱みを見抜いて攻めた侯爵にも、気持ちが揺れて侯爵に媚びた自分自身にも、腹が立った。

侯爵夫人の姿はなかった。立原は、正面玄関から出て、建物の横手へと砂利道を歩いていく。丸く刈り込んだツゲの木に、短い枝が何本も伸びて飛び出し、不揃いになっている。その向こうから水の落ちる音がする。植え込みをまわっていくと、扉付きの車庫の前に、黒い高級車が止まっていた。ボンネット部分の長い、左ハンドルの外国車だった。

「ビュイックだな？」

「三八年型です」

須藤は車には詳しいようだった。

三十歳ぐらいの男が、ホースで車に水をかけている。上半身裸になり、白い夏袴に、ゴムのサンダルを履いていた。ぜい肉の付きはじめた背中と脇腹に、大きな傷を縫った跡がある。髪を短く刈った、日焼けした横顔は、侯爵夫人に似ていた。ホースの先を左右に振って、車体だけでなくタイヤにも水を浴びせ、泥土を洗い落していく。地面に敷いた砂利が黒く濡れている。男は、グラマン機の編隊が低空飛行していくのを見ると、空に向かって水を噴き上げ、

「どーん、どーん」

大砲の音を真似て子供のように叫んだ。

「弘毅様」

立原が声を掛けると、政義と須藤に気づき、顔をしかめ、傲岸な表情を向けた。

「淀橋署の刑事が車を見せてほしいといって来ております」

比良坂弘毅。有名人だった。侯爵夫妻の一人息子で、海軍の青年士官、歴戦の海軍大尉。戦争中は「太平洋の荒鷲」と異名をとって新聞やニュース映画に取り上げられ、世間の人気をさらっていた。「御国を守るのは俺達だ」と決めぜりふでポーズを取り、出撃する若者たちを切れ長のさわやかなまなざしで鼓舞していた。水の流れ出るホースを片手に、

「刑事?」

侮蔑と敵意を充血した瞳ににじませた。昼間から酔っているのか頭が微かに揺れている。

「刑事がここまで入ってきたのか」

不健全で、すさんだ雰囲気があった。目つきが何かおかしい。政義はヒロポン中毒の暴漢を捕

まえたことがあったが、こんな目つきだった。

「洗車なさっているところを失礼します」

政義は穏やかに声を掛けた。

「昨夜は、この車でお出掛けでしたか？」

弘毅は、野良犬に吠えかけられたように、かっと睨みつけた。

「ひかえろ」

甲高い声をあげた。

「刑事ふぜいを寄越すな、訊きたいことがあるなら、直接出向いてこい。そう言っておけ」

肩を怒らせ、見得を切るふうに政義を見据えた。

「誰にでしょうか」

「淀橋署の署長にだ」

ホースを地面に投げ捨てて背を向け、サンダルをひきずって歩いていった。ホースは水を吐きながら砂利を黒く染め、蛇のようにうねった。立原は無表情で水道栓を閉めにいく。

政義と須藤は、車に寄り、ガラス窓越しに車内をのぞいた。後部座席は充分に広い。須藤は勝手にドアを開け、上半身を入れて、座席や床を調べた。

政義は洗い流されたタイヤの幅を手指で測り、溝の形を手帳にスケッチし、死体発見現場のそばにあったタイヤ跡のスケッチと見比べた。ドアを閉めた須藤がささやいた。

「車内は掃除してあります」

政義はつぶやいた。

「このタイヤだ」

立原が砂利を踏んで寄ってきた。

「御前様は寛容でいらっしゃる」

独り言のように言う。寛容だからといっておまえたち刑事ふぜいは調子に乗るなというのだろう。政義は立ち上がった。立原は何も言わなかったというふうに相変わらず無表情だった。

「後部トランクを開けていただけますか」

立原は言われた通りにした。後部トランクのなかは、からっぽで、ゴミひとつ落ちていない。大柄な人が入るには狭かった。体を折り畳んで押し込めば無理ではないが、振動で蓋が開いてしまうかもしれない。政義は立原に向いた。

「どなたか昨日この車で出掛けましたか?」

立原は思い出そうと眉根を寄せる。

「昨日は、道彦様が、午後に車をお使いでした」

「道彦様?」

「朔耶(さくや)道彦様。奥様の、弟です」

「同居しているんですか」

「いいえ。昨日は、用事で要るから、と車を借りに来られました」

「時間は?」

「昼過ぎの、一時頃から。夜の八時頃に、返しに来られたのではないでしょうか。私は直接お会いしていませんが」

「返す際は、挨拶もなしに?」

「よく借りに来られますから。道彦様は、普段からこの車をお一人で車庫に出し入れなさっています。車の鍵は車庫に備えつけですので」

「その後、どなたかが使いましたか?」

「存じません」

「弘毅さんは車を運転なさいますか」

「はい。ですが、昨夜お使いになったかは、存じません」

夜の静かな邸内で車の出入りする音が聞こえなかったとは思えない。

「ここで働いているのは、立原さんの他には?」

「料理人と掃除婦が。通いですので、いまは居りません。夜間の、刑事さんがおたずねの、遅い時間には、いつも帰ってしまっています」

自分の腕時計に目を落とした。おまえたちもそろそろ帰れという合図だった。

「道彦とおっしゃる方の、連絡先を教えていただけますか」

「はい。それはよろしいのですが。これから訪ねていっても無駄足でしょう」

「というと?」

「道彦様は、今日は横浜へ行っておられるはずです」

「横浜のどこへ?」

「存じません。マッカーサー元帥閣下をお出迎えなさるのだとか」

「マッカーサーは東京に来るのではないんですか」

「横浜だと聞きましたが。滞在先は、横浜の、どこかのホテルだとか」

警察官がそんなことも知らないのかと言いたげだった。

朔耶道彦の家の電話番号を教えられ、西日の射す通用門を出た。

八

坂の下の交番には巡査が変わらない姿勢で立っていた。路上に影が長く伸びている。昨夜のことをたずねると、

「八時頃に車の音が坂道を上がっていきました」

と答えた。

「夜中はどうでしたか?」

「九時以降は、所轄署に呼ばれたので。この交番は朝まで無人でした」

「ひと晩中？」

「マッカーサー元帥の警備に備えて説明を受け、本署で朝まで待機せよと指示されました」

巡査は夕暮れてきた四つ辻を見わたしてあくびを噛み殺した。

「さっき本署から連絡がきました。マッカーサー元帥は、厚木飛行場から、横浜のホテルに無事到着したそうです。東京を避けて、南回りで移動したようです」

政義は交番の電話を借りて、朔耶道彦の家に架電してみた。不在らしく誰も出なかった。

恵比寿駅へ戻る道を夕陽に向かって歩いた。

西の空は油彩のように激しい色に燃えている。振り返ると灰色の道に自分の影法師が濃く伸びている。須藤の影法師も並んでいた。

「渡良瀬さんは、侯爵を疑っているんですか」

須藤の問いには非難の響きがある。海軍の父は神聖不可侵だと脳に摺り込まれているのか、かたくなな横顔だった。政義は言った。

「明日は、侯爵家の周りの家に聞き込みをして、深夜に車の出入りがなかったか確かめてみよう」

須藤は黙っている。

「今日聞き込んだ話をどう思う？」

須藤は考えていたが、

「皆、協力的でしたね。証言を整理して、手掛かりをつなげていけば、解決の糸口が」

政義の横顔をうかがい、

「違いますか？　渡良瀬さんはどう考えているんですか？」

と訊き返した。政義は夕陽に目を細めた。

「事実を言ってただろうか。俺たちは、おもてヅラばかり、拝まされたんじゃないか」

「そうなんですか？」

「話の裏を取らないと何とも言えんな」

しばらく黙って歩いた。

「渡良瀬さんは、英霊のご遺族なんですね。俺は、横須賀で、回天の搭乗訓練をしていました。出撃する前に戦争が終わってしまいましたが」

「回天？」

「人間魚雷。海の特攻隊です。死ぬと決まっていたはずが、なぜだか、生き残っています。敵艦のドテッ腹に風穴を開けてたはずが、こうしておめおめと陸に戻って」

須藤の不満の底が少し見えた気がした。

「この事件が気に喰わないか」

須藤はためらっていたが、

「そうですね」

と声が微かに震えた。憤りで、震えたようだった。

「この事件が、というより、この事件を解決する立場にいる自分が、気に喰わないです」

咳払いして、

「殺されたのはアメリカ人じゃないですか。アメリカ人を射殺した犯人は、ひと月前だったら、犯罪者じゃなくて、敵を倒した英雄です。俺は、あいつらに体当たりするために、訓練を重ねてきました。一人でも多く殺すために。それなのに、今日は、アメリカ人がたった一人死んでただけで、憲兵のやつら、早く解決しろだとか、偉そうに。何を言いやがる、あいつらは、俺の家族を」

言葉にするほど、気持ちは沸き立つようすだった。

「比良坂侯爵は、人格者です。比良坂大尉も、祖国の英雄です。俺たち海兵の心の支えです。それを、手のひらを返したみたいに、容疑者だと疑ってかかって、突つきまわさなきゃいけないなんて」

須藤は深い藍色に沈んでいく天を仰いだ。

政義は足を止め、来た道を振り返った。坂の上のお屋敷町は宵の陰に沈んでいる。

「この事案から離れるか?」

須藤は首を横に振った。

「見届けたいです……自分でも自分の気持ちがよくわからんのですが」

政義は侯爵家の辺りの闇を見つめた。灯火管制がなくなっても、広壮な屋敷は暗いままだった。あの坂の上の煉瓦塀は、見た目より以上に高い、という思いがした。

それにしても、神風特攻隊員が米軍の捕虜になって生きているという。心が動揺している。家へ帰って、俊則の分まで夕食を用意して待っている登美子に、どんな顔でただいまと言えばいいのかと戸惑っていた。内心で動揺しているこちらの空気を感じて、それだけで登美子は不安定になってしまうかもしれない。侯爵の言葉に期待してしまっている自分が腹立たしかった。政義は言った。

「何者かが車で死体をあそこへ運んだ。残っていたタイヤの跡と、侯爵家のビュイックのタイヤの溝の形とが一致した。これは事実だ。今日わかったことは、これだけだ」

自分の影法師が夜の陰に溶け込んでいく。前を向いて歩きだすと、薄暮に恵比寿の駅舎の灯がまたたいている。

第二章　八月三十一日 金曜日

一

金曜日の朝。雨が降っていた。

署員たちが出勤してくる時間に、淀橋署の玄関で騒ぎがあった。

十人ほどの男たちが、署内に押し入ろうとして、立ち番の巡査に止められた。ぼろ傘を差した、着古した服装の、意思の強そうな眼光を湛えた男たちだった。

先頭の男が、立ちふさがる巡査を睨みつけた。三十代半ばの男で、ハンチング帽を被り、丸縁眼鏡、鼻の下に髭をたくわえている。

「我々は日本革命評議会だ。特高課の課長に会いたい」

「何だ？　何言ってるんだ、いきなり集団で押しかけてきて。帰りなさい」

男の頬が歪んだ。嘲笑だった。

「我々に命令できるのか」

「え？」

「敗戦国の国家権力など無いも同然だ。貴様ら、蝉の抜け殻なんだよ」

「蝉の？」

押し通ろうとするのを、巡査たちが駆けだしてきて押し止めた。揉み合いになり、傘が投げつけられ、殴り合いが始まった。男たちは玄関先から受付口へ乱入し、椅子を蹴倒し、手近にある物を投げた。怒声と物の壊れる音が入り乱れる。私服の刑事たちが巡査に加勢して、男たちを一人ずつ囲い込み、羽交い絞めにし、床へ押さえ込んだ。

「署長を出せ、署長を」

先頭にいた男は、壁に押しつけられながら、唾を飛ばして叫んだ。

警官の垣根を分けて、上尾署長が男の前へ出た。

「何だね、あんたらは」

「革命評議会だ」

「革命？　ふん、それで、朝から何の用だ？」

「我々は、帝国主義の走狗である特高課を糾弾する。人民裁判の証拠物件として、特高課の捜査記録の提出を要求する」

上尾は不機嫌な顔で、取り押さえられた男たちを見わたした。

「なるほどな。見た顔ばかりだと思えば、うちの特高課で検挙した連中だ。逆恨みの、意趣返しか」

「これは革命だ。人民革命の」

上尾は男の声に被せて、

「公務執行妨害、不法侵入、暴行、破壊活動は、違法行為だ。留置場で頭を冷やしていってもらおう」

「それはできんぞ」

男は嘲笑い、警官たちを睨みまわした。

「我々は、戦勝国民だ。貴様らにそんな権限はない」

押さえつける手を振り払い、一歩前に出ると、上尾に顔を寄せた。

「我々を拷問し同志を虐殺した特高課の連中を、人民裁判にかけて同じ目に遭わせてやる」

上尾は冷厳な顔で言い返した。

「おまえらに裁判権などない。国家の権力は、連合国軍総司令部が握っているんだ。おまえらの、革命政権とやらが樹立したら、あらためて来い。話を聞いてやれるかもしれん」

警官たちに命じた。

「お引き取り願え」

男たちは腕をつかまれて引きずられ、玄関前の雨の路上に叩き出された。先頭に立っていた男は、泥だらけになり、拳を振り上げた。

「帝国主義の犬ども、貴様らは、じきに追放される。特高課をあくまでも糾弾するぞ」

巡査たちが横並びに壁を作ったのを、鋭い眼光で睨み、

「また来るぞ」

傘を拾った男たちを引き連れて新宿駅のほうへ歩き去った。

政義は二階の刑事課の机で報告書を書いていた。騒ぎを聞いて廊下へ飛び出し、階段を下りかけたが、乱入した男たちが既に取り押さえられていたので、踊り場からなりゆきをうかがった。男たちが外へ放り出されると、ほっとして机に戻った。

須藤が入ってきて、そばの椅子に座った。

「おはようございます」

頬が赤く脹れている。

「さっきのお祭りに参加したのか」

「一発喰らいましたよ、くそっ。特高課の人たちはたいへんですね」

政義は、ふむ、と返事を濁した。特別高等課は、治安維持のために世間の様々な運動や団体を監視していたが、具体的な仕事の内容は、同じ署内にいる政義もまったく知らなかった。建物の奥まった部屋に籠って他部署との交流もない。現場主義で職人気質の刑事課員にすれば、政治の影でうごめく特高課は、近寄りがたい、というよりも、近寄りたくない存在だった。

「昨日の案件の報告書を上げるんですか」

須藤がのぞきこむ。

「いや、まだ仕上げるところまでは」

政義は書きかけた報告書を机の引き出しに放り込んだ。

侯爵家の車を借りた朔耶道彦の自宅に架電したが誰もでない。昨夜、署に帰ってから掛けたときも出なかった。執事の立原が言ったとおり、横浜へ出掛けているのかもしれない。

「聞き込みに回ろう」

「おもてヅラを引っぺがしに行きますか。死体の写真は？　持っていきますか」

「そうだな。生きている姿をどこかで目撃されているかもしれん」

「取ってきます。ひと組は自分の衣装戸棚に隠しておきます」

須藤は今朝は前向きな態度だった。須藤が立って行くと、政義は東京の地図を机上に広げた。侯爵家のある麻布から死体のあった新宿までの道筋を目で追った。青山墓地や明治神宮の文字を眺め、死体はどこから運ばれたのかと思った。

「渡良瀬さん」

呼ばれて、顔を上げた。

刑事課の入口に男が立っていた。庶務課分室の、羽刈（はがり）という三十代半ばの刑事だった。気の弱そうな、困ったような、愛想笑いを浮かべている。

「どうしました?」

ためらうように佇んでいる。

「まあどうぞ」

「失礼します」

羽刈はゆっくり歩いて須藤が座っていた椅子に腰を下ろした。右足を曳いている。羽刈は出征して大陸で負傷し、除隊後、淀橋署に戻って庶務課分室に配属された。出征前は刑事課に属していたが、政義は同じ刑事課でも担当が違ったので、つきあいはなかった。

庶務課分室は、傷痍軍人に用意された席で、署長室付きの秘書室みたいな小さな部署だった。駅周辺の飲食店を対象に、衛生課や健康保険課の業務内容を補助、指導していると聞いた。飲食店の大部分が戦時休業中だったので、実質的には閑職だったはずだ。

「実は、署長に言われまして」

羽刈は声をひそめた。髪が細い目にかかるほど伸びている。痩せて白い頬に、髭の剃り跡が青い。麻の背広と白いシャツは、着馴れているが皺ひとつなく、ズボンの折り目もきちんとついている。薄い唇が神経質そうに動いた。

「渡良瀬さんのお手伝いをしろ、と」

何かの漢方薬の臭いがする。胃が悪いのかもしれない。

「そうか、それはありがたい。心強いです」

政義はそう言ったが、署長の意図がわからなかった。昨日は、報告書を出せ、手早く片付けろ、と言っていた。しかし助っ人を送ってくるのは、しっかり捜査を続けろということになる。署長に向かって、私一人でやれと？　と、ごねたのを思い出した。かたちだけの助っ人を寄越したのか。

羽刈は周囲をうかがった。

「死体は、白かったそうですが」

政義は無言でうなずいた。羽刈は顔を寄せてきた。

「あっちへ、持っていかれた、とか」

「身元確認も検死もできないんだ」

「困りましたね」

須藤が大きめの茶封筒を持って戻ってきた。

「庶務課分室の羽刈君だ。一緒に捜査してくれることになった」

「須藤です、お願いします」

頭を下げて、茶封筒を政義に渡した。

死体の写真を八つ切りに焼き付けたものが十枚ほどあった。素人の撮影なので、ピントの甘いものやフラッシュの明るすぎるものもまじっている。三人で回して見た。

死体の白人男性は、監察医が言ったように、三十代と見えた。やつれていて、うっすらと無精髭が生えている。虚ろな瞳で天を仰いでいた。驚いたような、怒ったような、何らかの心理的衝撃を受けた表情を残している。

「撃たれる直前に、何があったんでしょうね」

と須藤がつぶやいた。羽刈は、

「軍人ではないように思えます。痩せていて、背広を着てるし」

昨日の監察医と同じことを指摘し、

「解放された捕虜か、収容されていた外国の民間人かもしれません。軍隊の認識票は？」

「なかったな」

「この服装だと、もともと付けていなさそうですね。それとも、犯人が身元をわからなくするために認識票を盗ったのか」

羽刈は写真に顔を近づけた。

「認識票がなくても、最近上陸した進駐軍の兵なら、身元は判明しますよ」

「解放された捕虜か民間人だとすると、どうだろう？　身元照会をする先はどこだ？」

政義が言うと、羽刈は身を乗り出した。

「私にそれをやらせてもらえますか」

「どこかにアテがあるのか？」

「ないこともないです」

曖昧な言い方のなかに自信がほのかに見える。政義は、羽刈の正体がわからなくて、青白い顔を見なおした。羽刈は言った。

「出征前に、一時期、特高課へ手伝いで出向していたことがあります。外事関係も少しやりましたから」

「外事?」

「大東亜共栄圏諸国以外の諸国人、つまり欧米人の動向調査とか。臨時出向の補助要員なので、ほんの下っ端でしたが」

「特高課に、欧米人の捜査記録が残っている?」

「それはどうだか。外事に関係していた部署は特高課にしろ憲兵隊にしろ、終戦で関係書類は焼いてしまったでしょう。やってみないとわからないというのがほんとのところです」

弱気な笑みが浮かぶ。政義は言った。

「死体の身元関係は羽刈君に任せよう。俺と須藤は現場回りだ」

羽刈は、ほっと安堵の表情を浮かべた。安堵の顔が、不意に、ぎゅっと歪み、

「痛、た」

背中を丸めた。背広のポケットから紙袋を出し、薬包紙の包みをひとつ出した。

「水、ありますか」

須藤が慌てて湯呑に水道水を入れて来た。

茶色い粉末の薬を飲んで、うつむいている。漢方薬の臭いが漂った。

「大丈夫か」

羽刈は顔を上げ、無理に口角を上げた。

「体調が良くないのか？」

「緊張すると胃がキリキリ痛くなったりしますが、大丈夫です」

「医者には？」

薬の袋を示してうなずいた。

「慢性胃炎です。腹がへると痛むのかな、はは」

羽刈が部屋を出た後で、政義は、朔耶道彦に架電してみた。やはり誰も出なかった。

二

夏を終わらせる雨が降りつづいている。

政義は須藤をつれて新宿駅東側の死体発見現場へ足を向けた。

瓦礫の谷間の小道と奥の袋小路は、朝でも薄暗い陰に沈んで、周囲からは見えにくい場所だった。

「真っ暗な深夜に死体を運び込んだとなると」

須藤は傘の縁を上げて四方を見た。

「捨てるに適した場所がここにあると知っていた者の犯行ですよ」

袋小路の出入口に、破れ傘を差したゴン太がいた。奥に入ろうとして、政義と須藤が道からやってくるのを見、ぎょっと立ち止まった。須藤が声を掛けた。

「そこへ入っちゃいかん」

ゴン太は睨み返した。

「ここは俺の便所だ」

「駄目だ、他所でやれ」

ゴン太は、言い返そうとしたが、便意を催しているのか、瓦礫の壁をよじ登り、裏のほうへ小走りに消えた。

三畳ほどの袋小路は、湿気が高く、饐えた腐臭がした。死体のあった窪みに水溜りができて雨が波紋を描いている。蝿が多かった。須藤は肩から斜め掛けしている布鞄で蝿を払った。死体の写真を入れた鞄だった。

「侯爵家の車が使われたのなら、ここには捨てないですよ。自分の土地に死体を捨てたら、捜査が自分に及ぶことになりますから」

「侯爵家の車は関係がないと?」

「あの型のタイヤを履いている車や、ビュイックの三八年型なら、他にも何台もありますよ。登録車両を片っ端から調べてみますか?」

「役所の登録書類が空襲で焼けていなければいいがな」

腰をかがめて地面を調べる須藤の傘に、何かがぽとんと落ちてきた。須藤は傘の上に顔を出してそれを見つめ、

「わっ」

と叫んだ。頭上を見上げると、瓦礫の上の縁から、子供の裸の尻が突き出ていた。

「こらっ、クソを落としやがったな」

須藤が怒鳴りつけると、尻は引っ込んだ。

「クソ喰らえ」

ゴン太の声がする。

須藤は袋小路から駆け出して瓦礫の山の向こう側へまわって行った。

「このガキ」

政義は、辺りを調べなおし、袋小路を出ようとして、死体のあった所を振り返り、合掌した。死体や現場に向かって合掌し被害者に祈ることは刑事の習慣になっている。成仏してください、殺された無念は、犯人逮捕できっと晴らします。いつものようにそう手を合わせたが、何か違和感が、ざらざらと心の襞を撫でた。

被害者はどこから来て、どんな旅路をたどり、どんな無念の思いを抱いて亡くなったのかと、

いつもなら自然と湧き上がる死者への共感が、いまは生まれてこない。虚ろな青い瞳が脳裡に浮かぶ。あの瞳は、俊則の乗った特攻機を艦上から撃ち落とした射手の瞳かもしれなかった。お互いに殺し合った敵国人なのだ。ひと月前ならアメリカ人を撃った者は犯罪者ではなく英雄だった、と須藤が言った言葉が浮かぶ。

「ウィルさん、だったか」

ふと口をついて出た。昨日も死体を見ていてその言葉が出た。俊則が子供だった頃の思い出がよみがえってくる。

「同じ色だったたな、青い瞳」

比良坂侯爵家の土地で、そこにあった死体なのだから、ひょっとすると、と考えた。

「それはないいな」

首を振って道へ戻った。

城野の仕切る闇市は雨で人の出が悪かった。青佐の食堂にはトタン屋根が掛かっていた。長テーブルに麦飯のおむすびを並べ、昨日と同じように娘が店番をしていた。雨がトタン板を打つ音に耳を傾け、寄ってくる蠅を団扇で払っている。卓上に積まれた一缶六十円の缶詰は幾つか減っていた。

「売れるもんだな」

政義は缶詰を指さした。

「どんな人が買っていくの？」

娘は丸い目をくるっと動かし、

「どんなって、普通の人ですよ。昨日買ったお客さんは、お爺ちゃんでした。カンカン帽に、紗の単衣に、紺の羽織に、紬の鼻緒の高そうな草履を履いた、獅子鼻で、ちょび髭の」

「ほう。探偵向きの記憶力だな」

娘は恥ずかしそうに自分の顔を団扇でぱたぱたとあおぐ。唇が赤い。口紅を塗っている。濃い赤だった。昨日は、まったく化粧っけがなかったのだが。

「名前は？」

「青佐君江です」

「お父さんと二人でこの店を？　戦前から？」

「はい。接客の手伝いを」

「だから客を見る観察眼が身についているんだな。青佐食堂が再建できたらいいね」

君江はまじめな目になった。

「はい。父の願いです」

「そうなると君江さんは二代目だ」

「再建が果たせたら、わたし、別にやりたいことがあるんです」

「何？」

「洋裁の勉強がしたいんです。服飾の仕事に就くのが小さい頃からの夢ですから」

父の青佐は、かまどに火を焚いて大鍋を柄杓でかきまわしている。

かまどの上にも、端切れを重ね合わせたトタン屋根が掛かっている。その軒下の瓦礫に、子供が三人、身を寄せ合って腰掛けていた。十歳前後で、汚れた服を着て、髪はぼさぼさ、顔も汚れている。箸を握り、お椀のなかのものをいっしんに食べていた。

「この辺りには戦災孤児が多いようだね?」

君江は表情を曇らせた。

「あの子らは上野から流れてきたんです。上野駅の地下道で寝泊まりしていたけど、この頃あの界隈は悪い人が増えて、怖くなったって」

「お父さんが食事を?」

「父は、昔から、そうなんです。戦争前から、食べるのに困った子たちに、食堂のまかないものを。自分も食べるのに苦労したからって言ってます」

政義は長テーブルの端をまわって青佐のそばへ行った。青佐は調理の手を止めずに会釈した。

子供がお碗を差し出した。

「おじちゃん、おかわり」

青佐は柄杓で鍋の料理をすくって入れた。醤油の香りがする。

「それは?」

「すいとん汁です」

「小麦粉で？」

「団子は少しだけですよ」

「昨日、パンを買ったんだが、ぱさぱさでした」

「どの食材も手に入らなくて。買い出しがたいへんです」

青佐は政義を見た。

「車の主は、わかりましたか？」

「いや、まだ」

掘っ立て小屋の集落が雨に煙っている。

「ここの住人は、侯爵家に家賃を納めているんですか？」

青佐の表情が硬くなる。

「据え置くということで、ただで住まわせていただいています」

「立派なお心でいらっしゃる」

「ええ」

口元がほころびた。

「青佐さんは、侯爵家のこの土地で、戦前から食堂を開いていたんですね。侯爵家と関わりが？」

「食堂を開いて独立する前は、比良坂ホテルの厨房で働いていました」

「高輪の？　あのホテルは侯爵家の経営ですか」

「麻布のいまのお屋敷に移る前は、あそこが侯爵家のお屋敷だったそうです。建物を増改築してホテルにしたとかで」

「侯爵が直接経営されているんですか？」

「いいえ。侯爵夫人のご実弟の、朔耶道彦さんが支配人をしていらっしゃいます。戦時中に閉鎖したままですが。いまは朔耶さんが独りで住んでいます」

「独身？」

「朔耶さんの奥様とお子様は、京都に疎開して、まだ戻ってないんじゃないかな」

「京都というと、道彦さんと侯爵夫人のご実家に？」

「いえ、奥様のご実家も京都で、そっちに」

「朔耶家は、京都のお公家様ですね」

「ええ、没落していますがね」

朔耶道彦について語る口調は冷ややかだと感じた。

「比良坂ホテルは国際的にも有名なホテルでしたね。侯爵は欧米人にもお知り合いが多くていらっしゃるんでしょう？」

青佐は柄杓の柄を握りしめて政義に向きなおった。頬の線が硬かった。

「刑事さん、死体が見つかったのがここだからといっても、侯爵家は関係ありませんよ」

「それは、どうして?」

「雲の上の方たちです。事件だとか、犯罪だとか、私らみたいな、しもじもの世間並みの考えなんか、持ち合わせては、いらっしゃらないですから」

抑えているが憤然とした口調だった。

「青佐さんは、侯爵家に恩義を感じていらっしゃる?」

「もちろんです。私は、侯爵家が助成する養育院で育ちました。ホテルに働き口も世話していただいたし、独立して食堂を開くときにも助けていただいた。ここには、私みたいに、侯爵家に救われた者が大勢いるんです」

店を開けている露店の人々が、じっとこちらを見ている。視線が幾つも集まって政義を圧してくる。

瓦礫のなかを須藤がやってきた。自分の傘の下で、ゴン太と並んで、穏やかに話している。年の離れた兄弟のようだった。ゴン太はトタン屋根の下に入ると、すいとん汁のお椀をもらい、他の子供たちと一緒に食べはじめた。

政義は須藤と道へ出た。須藤は視線を向けてくる露天商たちを横目で見た。

「何だかおかしな空気ですね」

政義は城野の白い家を目で示し、歩きだした。

「ゴン太とは休戦協定か。急転直下だな」

「クソを掛けられてようやく認められたわけです。話してみれば、同郷、相哀れむ、で」

「深川だったか」

「はい。ゴン太の家があったのは、お不動さまの近所でした。境内にあったきんつば屋のきんつばが美味しかったと話が弾んで」

須藤は、政義に肩を寄せ、声を落とした。

「ゴン太が教えてくれました。背広を着た白人が、ここに来ています」

政義は闇市を振り返った。昨日訊いてまわったとき、露店の売人たちは、青佐父娘を含め、誰一人それを言わなかった。

「いつ？」

「三日前の昼頃に。八月二十八日火曜日。昼頃」

須藤は自分たちが歩いていく方向を指さした。

「あっちから歩いて来て、そのまま、この道を、駅のほうへ。露店に立ち寄ることはなく、買い物には関心がないようだった、と」

「闇市の前を通り過ぎただけか」

「そのようです」

「死体になって発見された場所には？」

「ゴン太が言うには、この道をただ歩いて行っただけだそうです。外国人なので注意して見ていたが、通り過ぎただけだ、と」

政義は、須藤が肩から斜め掛けしている布鞄に目をやった。

「ゴン太に写真は？」

「見せました。歩いていたのはこの男だと」

「昨日の朝、死体を見つけたとき、あのときの外国人だと気がつかなかったのかな。昨日の巡査は、ゴン太には死体が外国人だとわかっていないようだと言ってたが」

「わかっていたけど、黙っていた、と」

「どうして？」

「外国人が死んでいたら、このマーケットは危なくなるんじゃないかと、何となく心配になったそうで」

城野の闇市の露天商たちは団結力が強いのだ。ゴン太もその空気に同化している。ここの住人たちは、同じまなざしで、侯爵家の影の下に寄りかたまっている。

政義は雨の道を見た。

白人男性は、この道を、どこかから来て、新宿駅のほうへ歩いていった。

いったいどこから来たのかと周囲を見わたす。

城野の白い家に視線を止めた。

三

城野の事務所兼自宅の表玄関へまわっていくと、雨の音を裂いて、男の叫ぶ声がした。政義と須藤は物陰から玄関前をうかがった。

玄関ドアを背にして、軒下に、城野が立っている。

若い男が一人、傘も差さず、城野に対峙していた。雨の地面を転がされたのか、濡れて泥まみれだった。昨日城野の部屋の前に立ちふさがった若い者の一人だった。

「おめえのほうを、叩き出してやる。きれいごと言いやがって」

声を荒げ、体を沈めた。

城野は冷然と見下していた。ベージュ色の背広姿で、髪はポマードでオールバックに固め、身づくろいは今朝も完璧だった。

若い男は頭を低く保って飛びかかった。喧嘩慣れした素早さだった。手にナイフが光った。政義の傍らで須藤が、あっと息を飲んだ。

城野の動きは男より速かった。体が交差した次の瞬間、若い男はぬかるんだ地面にうつ伏せに倒れ、泥水を上げた。城野は磨きあげた茶色の革靴で男の首筋を踏みつけた。男がもがこうとすると、踵で後頭部を蹴って静かにさせ、また首筋を踏んだ。男は両腕を前に伸ばして苦しそうにうなる。城野は、落ちていたナイフを拾い、逆手に柄を握ると、男の左手の甲に突き立てた。刃は手のひらを刺し通し地面に突き立った。悲鳴があがり、弱々しいうめき声になって尾をひいた。

「次にこの町で見掛けたら、腕を切り落とす」

城野は、革靴に付いた泥を、男のズボンにこすりつけて落とした。

政義と須藤が物陰から出ていくと、城野は表情ひとつ変えずに視線を向けてきた。

「訊きたいことができてね」

政義は、ナイフで大地に刺し止められたように動かない男を一瞥した。城野はドアを開けて促した。傘を外壁に立て掛けて入っていくと、事務机で戸塚ともう一人の若い男が帳簿を開いて熱心に何かの計算をしていた。表の騒ぎも、刑事が入ってきたのも、気がつかないというふうだった。

城野は、右手の応接セットのソファーに政義と須藤を座らせ、自分は政義の向かいに就いた。濡れた背広をハンカチで丁寧に拭いていく。政義は言った。

「三日前の昼頃、この辺りで、白人男性が目撃されている。ここを訪ねたか？」

「白人がここへ来たことはありませんよ」

拭く手を止めずに、そっけなく答えた。

「この辺りで見掛けたことは？　背広を着ていた」

「背広の白人男性。私は見掛けなかったな」

城野が、戸塚と若い男に、

「見掛けたか?」

と訊くと、

「いえ、見なかったです」

帳簿から顔を上げず、声を揃えて答えた。城野は政義に訊き返した。

「昨日の死体と、その白人と、何か関係が?」

「昨日の朝見つかった死体は、白人男性だ、背広を着た」

城野は、ほお、とつぶやく。端正な顔には何の表情もあらわれなかった。

「昨日あれから、麻布の比良坂侯爵をお訪ねした」

城野の眼光が鋭くなった。目に凄みが増し、さっき若い男にナイフを突き立てたときの空気が立ちのぼる。

「車をお持ちだった。ビュイックの三八年型だ」

「それで?」

「それだけだ、いまのところは」

政義は城野の眼光を無視した。

「ところで、台湾航空隊の郭大尉が、どういう経緯で、比良坂侯爵の下で働くようになったんだ?」

「捜査と何の関係がある？」

声がとげとげしい。緊張した面持ちで黙っていた須藤が、艦内靴をもぞもぞさせた。

「関心があります。海軍の父と航空隊の英雄の出会いですから」

城野の目が須藤に向き、須藤の生まじめな顔に、わずかに色が和らいだ。

「大陸での私の戦歴をお聞きになって、閣下がねぎらってくださったことがあった。米英と戦闘が始まると、閣下は私をお召しになって、侯爵家の御用を、台湾や大陸でするようにとお命じになった。それで私は航空隊の戦列を離れたんだ」

政義は訊いた。

「戦前ここにあった比良坂のお屋敷に、アメリカ人が出入りすることはあったのか？」

「人の出入りそのものがなかったよ。古い土蔵や廃屋が放置されていただけだ」

「ところで、侯爵家の三八年型のビュイック、あれを借りて運転することはあるか？」

「ない」

城野は立ち上がった。

「そろそろお引き取り願いましょう。社員が一人減って、忙しいのでね」

追い立てられるように、政義と須藤は玄関を出た。玄関前から、男もナイフも消えていた。政義は雨に煙る街道を見た。

「さっきの社員はクビになったのか」

「マーケットの人たちから勝手に上納金を取っていた。守るべきものが何かをわかっていない。チンピラだ」

政義の鼻先でドアを閉ざした。

四

闇市に戻り、店を開けている露店で、三日前の昼に白人男性を見なかったかとたずねたが、見たと言う者はなかった。

「警察に毎日歩きまわられるのは迷惑です」

露骨に反撥する者さえいた。

青佐君江も、丸い目をそっと逸らせた。

「お昼どきは忙しくて。気がつきませんでした」

人物の観察眼に優れた君江が、道に面して座っていたのに、それはないだろうと言いたかった。あまり強く迫ると、後でゴン太が叱られて証言をひるがえしても困るので、

「思い出したら教えてください」

と言っておいた。

署に戻ろうとすると、須藤は長テーブルの前で、尻ポケットから財布を出した。

「俺、すいとん汁を食べて、署に戻ります」

君江に遠慮がちに、

「あの、いいですか」

と訊いている。

政義は一人で署に帰り、登美子の作った弁当を食べた。アルミ製の弁当箱に、麦飯を詰め、梅干しと漬物を添えてあった。

ぬるい茶を啜り、雨の音を聞いた。

署内は平穏だった。朝の革命評議会の騒動は忘れられたように、人が出入りしていた。

羽刈の姿は署内になかった。外回りに出たのかもしれない。政義の机の上に伝言は残していなかった。

朔耶道彦の自宅の電話番号につないでみたが、やはり誰も出なかった。

闇市の青佐は、朔耶は比良坂ホテルで暮らしていると言った。政義は、電話交換を呼び出して、高輪の比良坂ホテルの番号を確かめた。執事の立原が記した朔耶道彦の自宅番号と同じ番号だった。

須藤が帰って来た。

「都内の車の所有者を調べ出しますか。タイヤの業者に当たるほうがいいですか?」

「その前に、侯爵家周辺の聞き込みだ。一昨日の夜、八時に朔耶道彦が返した後で、侯爵家の三八年型ビュイックに不審な動きがなかったと確認できれば、捜査対象を広げよう」

新宿駅から省線で移動し、降り止まない雨のなかを、恵比寿駅から歩いて、侯爵家への緩い坂道を上がっていった。

侯爵家の煉瓦塀と道を挟んだ住宅街で、聞き込みに回った。

数軒の聞き込みで、二十九日、夜の八時頃に、侯爵家の車が戻ってきた、と執事の立原の話を裏付ける証言が得られた。義弟の朔耶道彦が昼間に借りたビュイックを返しにきたのだろう。

それとは別に、その後、深夜、日付けが変わる頃に、門から車が出ていく音を聞いた。そんな証言が二件あった。その車がいつ帰ってきたかは証言者が就寝したので不明だった。

夜半に、誰かが侯爵家から車で外出していた。

聞き込みを続けたが、運転者を目撃したという情報は出なかった。

最近この辺りで白人男性を見なかったか。

白人男性はこの辺りでは見掛けたことがない。その返答は一致していた。

一軒の洋館を訪ねた。赤い屋根に、白い下見板、木造二階建てで、窓が多い。道に面した垣根越しに、雨音をかき消すように、レコードの音楽が聞こえてくる。明るく賑やかな洋楽だった。

須藤が、この曲は？　と訊く顔を向けた。

「ディキシーランド・ジャズのバンド演奏だ」

冨久司（ふくし）、と表札があった。玄関に出てきたのは、五十代半ば、半白髪、チャップリン髭、開襟シャツに吊りバンドのズボンを穿いた男だった。政義が来意を告げると、

「おお、ご苦労様です、どうぞ」

大げさな手振りで、スリッパを勧め、洋間の食堂に通した。

壁際にオルガンがある。樫材の広いテーブル、椅子が六脚。大きな窓は開け放してあった。庭の植え込みの葉が雨に打たれているのが見えた。

冨久司は、二人を椅子に座らせ、麦茶をいれたガラスのコップを自分で盆に乗せて運んできた。

「お疲れ様です。ひと息入れてください」

天候とは反対に晴れ晴れとした顔つきだった。演奏の音楽は二階から聞こえる。政義は、シャンデリアの下がる天井を見上げた。

「ジャズ・バンドですか。懐かしい」

冨久司はうなずいた。

「屋根裏部屋からレコードを出してきました。私は学生時代、マンドリン部で、こういった曲や、アメリカ民謡を、よく演奏したものでした。ロサンジェルスで買ったレコードを、戦争中も隠していたんです。敵性音楽だなんて言われるのでね。もちろん蓄音機も」

「渡米なさったことが？」

「戦前は美術品や雑貨の輸入業をしておりました。ロサンジェルスには何回か行きました。アメ

リカ人の友達も多いんですよ。戦時中は、アメリカのスパイじゃないかと疑われて、特高にうろつかれたりしましたが。ほら、うちの屋根、赤いでしょう」

真上を指さした。

「建てたときから赤いのに、特高の刑事に、屋根が赤いのは米軍機の空襲の目印になるように塗ったんだろう、なんて、いちゃもんをつけられたりしました」

アメリカ映画の俳優みたいに肩をすくめる。

「しかし、嫌な時代も終わった。これで自由に仕事が再開できます」

「この辺りで最近白人男性を見掛けなかったですか」

「いいえ」

不思議そうに首を振った。

「一昨日の夜、深夜に、車の音がしませんでしたか」

「はい、それね。侯爵家のドラ息子ですよ。夜中に車で出たり入ったり。五月蝿いです、まったく。寝てられない。いつものことですが。しかし一昨日の夜中は、私、危うく轢かれそうになりましたから」

政義は須藤と顔を見合わせた。

「比良坂弘毅さんに、ですか?」

冨久司は親指を立てて自分の背後の壁を指した。侯爵家の方角らしい。

「戦時中は名誉の負傷とやらで英雄気取りでしたがね。あんなのは軍の創作ですよ。戦意高揚の広告塔になってただけだ。空襲の時期でも一日中酔っ払って、傍若無人の振る舞いでした。私が道で出会ったときに不謹慎ではございませんかとちょっとご意見申し上げると、声を荒げたりして。私がスパイだと、あらぬ疑いを特高に流したのは、あの男じゃないかな。嫌がらせですよ、たちの悪い」

「一昨日の夜のことを話していただけますか」

「私、恵比寿の友人宅で夕食をよばれまして、祝杯をあげてました。暗黒の時代が終わったのを祝してね。それで、夜中に歩いて帰ってきたんですが、坂の下の四つ辻で、侯爵家のビュイックがライトも点けずに走り下りてくるのに出くわして、後ろにさがった拍子にひっくり返ってしまいました。弘毅お坊ちゃまが急ブレーキを踏んで運転席から睨みつけていましたよ」

「車は四つ辻からどっちのほうへ？」

「恵比寿の駅のほうへ。私を轢きそうになった後で、ライトを点けていきましたが」

「他に誰か乗っていましたか？」

「それはわからなかったです。私はね、あんまり腹が立ったもんだから、四つ辻の交番へ、訴えに駆け込んだんです。ところが、戸も開いて電灯も点いているのに、誰もいない。仕方がないから家に帰りました」

「時刻はわかりますか？」

「交番の壁掛け時計が、午前一時を指してました。巡回に出てたのかな」

政義は、冨久司が指した壁を見つめていたが、視線を冨久司に戻した。

「あなたは、アメリカと貿易をなさっていたということですが、侯爵家や比良坂ホテルの御用は扱っていましたか?」

とんでもないというふうに首をぶるぶると振る。

「侯爵家に出入りの業者は知っていますがね。そりゃあもう、よくない評判ばかり聞きました。強欲で、血も涙もない。高輪のホテルの経営者は、ご夫人の弟さんで、お公家様の末裔だし。大名商売というやつです。それに、貿易といえば」

他に人もいないのに声を落とし、

「侯爵は戦時中、台湾のコワモテの軍人を、子飼いのブローカーに仕立てて、大陸で、随分と、あこぎな真似をしていたらしいですよ」

「郭忠信ですか」

「よくご存知で」

「あこぎな真似とは?」

「大陸の物資を強引に海軍に流させたり、国宝級の美術品を強奪してコレクションにしたり。軍需物資の隠匿も。私がスパイだとデマを撒いた仕返しで言うわけではありませんが、あちらのほうが余程えげつないことをしておられるのです。お近づきになれなくて、かえって幸いです。まあ、この敗戦で、さすがの華族様も没落の憂き目を見るのでしょうが」

政義は須藤に、

「写真を」

と言った。須藤は布鞄から茶封筒を出し、死体の写真を冨久司に渡した。冨久司は、驚いて息を飲み、顔をしかめた。

「この白人に見覚えはありませんか？　戦前の輸入業の関係者などで」

冨久司は死体の顔を見つめていたが、

「知った顔ではないですね」

と写真を返した。侯爵家の悪口を言っていた勢いを失くして蒼白な顔になっている。

「この件は、他言なさらないでください」

冨久司の家を辞すと、アメリカ民謡の『オー、スザンナ』が高らかに道まで鳴り響いて、政義と須藤を追いかけてきた。

五

坂の下の交番に立ち寄り、電話を借りて、高輪の比良坂ホテルにつないでみた。

「はい」

男の声が応じた。

「朔耶道彦さんですか」

「そうですが」

「淀橋警察署の渡良瀬と申します」

「何でしょうか」

応じた声は、警戒して後じさりするふうだった。

「おたずねしたいことがありますのでこれからそちらへうかがいます、お願いします」

断られるのを危ぶんで、さっさと電話を切った。

高輪を目指して雨中を一時間近く歩いた。

道筋の芝白金界隈は焼けておらず、戦前の町並みそのままだった。肌寒かった。晴れていた昨日より五度は低いだろうと感じた。無言で歩いていた須藤が、ふいに、

「ウィルさんって誰ですか?」

と訊いた。

「昨日、渡良瀬さんが、死体を見ていたときに、何かつぶやいたんですよね。じいっと死に顔をのぞきこんで。知り合いに声を掛けるみたいに。何をつぶやいてたんだろうかって。ウィルさん、て聞こえたような」

「そうだ。ウィルさんだ。独り言だよ」

「誰ですか？」

「昔、会ったことがある。瞳が同じ色で、顔かたちも似ていたから。ふと思い出した」

「事件に関係がありそうな人物ですか？」

政義は笑って首を横に振った。

「単なる個人的な思い出だ。気になる点が、ないことはないが」

雨の幕の向こうに西洋建築の建物の影が見えた。

「比良坂ホテルだ」

腕時計を見ると、四時過ぎだった。

高輪の比良坂ホテルは、戦前から外国人や要人が滞在する老舗の高級ホテルとして知られていた。古めいて趣きのある煉瓦塀と煉瓦の門柱。頑丈な樫の観音開きの門は閉ざされている。「休業に付き立入るべからず」と墨書の木板を打ち付けてある。

通用門を押すと開いた。

糸杉の並木道が、ルネッサンス様式の左右対称の洋館へ通じていた。麻布の現在の侯爵邸とほぼ同じ外観だった。ここから麻布へ移るとき、同じ意匠の邸宅を新築したのだろう。こちらの旧邸のほうが、やや小ぶりだった。背後に別棟を増築している。ひっそりと隠れ棲むホテルの雰囲気がある。かつてはそれを好む常連客もいただろう。いまは、手入れがされず、荒涼とした廃城の感がある。庭園の樹木はうっそうと繁り、地面は腐った落ち葉と雑草に覆われている。

正面玄関は閉まっていた。明治期のガス街灯を模した常夜灯は灯っておらず、汚れてくすんでいる。

建物の裏手へまわった。裏口に鉄のドアがあった。従業員専用口らしい。ドア脇の曇り硝子の窓に、明かりが灯っている。政義は電気式のブザーを押した。

ドアを開けたのは、四十代半ば、上質な背広を着た、すらりとした紳士だった。うりざね顔、色白で、一重の切れ長の目、薄い唇。雛人形の男雛のようで、姉の比良坂侯爵夫人に似たところがない。身分証を示すと、朔耶は雨脚を確かめるように政義の背後を眺めた。

「ひどい降りだ。ご足労です」

物腰も穏やかだった。お公家様の貴公子といった印象だった。

「こちらへ」

館内の通路へ入って、すぐの戸を開け、電灯を点けて案内した。

がらんとした、じめじめとした部屋で、壁際に衣装棚が並んでいる。従業員の控室らしかった。積み上げた椅子に白布を掛けたままで、全体に埃っぽい感じがする。古びたソファーセットに向かい合って座った。

「戦争のあいだは、ホテルは閉めておられたのですか」

「そうです。元々このホテルは外国人客が多かったのでね」

朔耶道彦は足を組み、胸ポケットから銀の煙草入れと銀のライターを出して一服した。煙草の銘柄はわからないが外国製らしい。ライターも舶来の高級品だろう。煙を天井に向けて吐く。

「比良坂侯爵のお宅に、三八年型のビュイックがあるのはご存知ですね?」

朔耶はゆっくりと視線を政義に下ろした。

「時々使わせてもらっていますが」

「最近、お使いになりましたか?」

「一昨日の午後。昼過ぎに借りて出て、夜の八時頃には返しに行きました」

「何のご用事でしたか?」

そんなことまで訊くのか、と一瞬むっとしたが、カットグラスの灰皿に灰を落とした。

「GHQの、ある将校とお会いしていました」

「GHQ?」

「連合国最高司令部。進駐軍ですよ。ある部局の、ある将校と」

「私服ですか?」

「え?」

「お会いになった将校は、背広を着ていましたか?」

「軍服ですよ、もちろん。服装がどうかしましたか?」

「いえ」

「進駐軍の将兵は、今後、東京に何人ぐらい滞在するか知っていますか?」

朔耶は教師のように質問してきた。

「さあ。見当もつかないです」

「おおよそ、四万から五万人の将兵が、これから何年間か、暮らすことになります。高級将校には、それなりの住居が必要だ。部局にもオフィスが要る。ＧＨＱは、それらを賃貸で借りるのではなく、無償で接収するつもりですよ。接収する建物の条件は？　何だかわかりますか」

「守りに強い？　要塞みたいに？」

「トイレが洋式であることです。となると、東京広しといえども、数が限られてくる」

朔耶は煙草を吹かし、

「私は、若い頃、欧米を遊学してきました。文字通り、遊びを学んだだけで、何か専門の知識を身につけることはなかったのですが」

ふっと笑う。放蕩三昧することで世界を学んだ貴公子。そんな影が見えた。

「欧米人の生活様式や考え方を実地に学んだのは、良い経験でした。それと、英語と。ホテルの支配人としては、役に立っています」

「つまり、このホテルを接収してくれとＧＨＱに頼みに行ったのですか？」

出来の悪い生徒の発言に驚いたように煙にむせた。

「とんでもない。接収されたら、ここを追い出されて、この先何年も、ただで使われつづけるんですよ。私は、そうならないように、根回しにいったのです。このホテルや、麻布の義兄の屋敷を守るために」

　政義は、なるほどとうなずいた。

「ＧＨＱに、ツテがあるんですね」

　朔耶は無言で煙草を吹かす。

「アメリカに遊学なさっていたときの、お知り合いが、将校となって進駐してきた？」

「それはあなたの捜査には関係がないでしょう」

　朔耶は煙草の火を灰皿に押しつけて消し、二本目に火を点けた。

「言っておくが、もともと比良坂家は、対米戦争には反対でした。海軍内の反対派をバックアップしていました。そのことはきちんと伝えて、戦後の平和外交に協力を惜しまないことを表明しています」

　教えて聞かせる口調で、

「このホテルは、アメリカからの民間人滞在者や旅行客のために、正規のホテルとして、再開するつもりです」

「素早いですね」

「ひとつの時代が終わった。時代は変わった。ならば、速やかに動かねば。ホテル経営だけにとどまらない。アメリカとの往来が盛んになる将来を見据えて、比良坂家五百年の母体である海運事業を、ＧＨＱにも役立てていただこうと」

熱を帯びはじめた声が、相手は一介の刑事だと思い出して、途切れた。

「ところで、朔耶さんは、一昨日の午後八時に、車を侯爵家に返したということですが、その後は?」

「その後? 横浜に移動して、自分の事務所に泊まりました」

「知り合いの将校に教えられて、横浜へマッカーサー元帥を出迎えに行かれたのですか」

「昨日は一日中、横浜に居たが、元帥閣下と直接話をする機会は得られなかった」

「つまり、一昨日午後八時に車を返した後は、ここへも戻らず、再び侯爵家の車を借りることもなかった?」

「横浜の事務所へは電車とタクシーで移動しました」

「あのビュイックは、朔耶さんの他には、誰が使いますか?」

「侯爵が。でも、運転手が戦争でとられてからは、執事の立原が運転するので、滅多に使わなくなったな。他には、息子の弘毅君か」

「朔耶さんが車を返したとき、弘毅さんが、後で使うとおっしゃっていましたか?」

「会っていませんよ。車の鍵は車庫に掛けておくから、誰にも会わずに侯爵家を出ました。その夜のうちに横浜へ行くので急いでいました」

政義は、須藤に言って、死体の写真を朔耶に見せた。

朔耶は、目を細め、二本目の煙草を灰皿に押しつけて捨て、無言で見入った。

「この人物に見覚えはありませんか?」

写真から目を離さずに首を振る。

「戦前、ホテル関連で輸入業者と取り引きなさっていたときに、見掛けたことは?」

「ありませんね」

朔耶は、汚れたものをつかまされたように、写真を突き返した。不快感を露わにして、

「いったい何ですかね? 何の捜査なのかね? 侯爵家の車だの、出入りの業者だの、失礼千万な質問ばかりだが」

「新宿で、この死体が発見されました。他殺だと思われます」

「新宿なんかで発見された死体が、どうしてうちと結びつくんだ?」

「死体発見現場が、焼け跡ではありますが、侯爵家の土地でして」

「焼け跡なんてどこも同じだろう。誰の土地かなんて、捨てた人間にはわからない」

「わからずに捨てたのか、わかっていたから捨てたのか、そこのところが不明でして」

朔耶は、言い返す言葉に詰まったが、はっと思いつき、

「それは、あいつだろう、あいつの仕業だ」

眉根を寄せた。

「あいつとは?」

「城野だ。あそこでマーケットを開いている、ならず者だよ。侯爵家の土地を奪おうという腹な

んだ。あいつなら、やりかねん」

「やりかねん、というのは、何をですか？」

「何だってだ。欲望に任せて、欲しいものは何でも暴力で手に入れる。ああいう輩が出てくるもんだよ、こんな時代には。焼け跡の、ゴミ溜めに湧く、蠅だ」

吐き捨てるように言い、

「逮捕してください」

教師が宿題を指示する口調だった。

「捕まえる容疑がありません」

「侯爵家の土地を占拠してるじゃないか。不法占拠だ」

「お許しをいただいて管理している、と言ってましたが」

朔耶は、怒りの籠った視線を、暗くなってきた曇り硝子の窓に流した。

「先ず逮捕したらどうです？　あんな輩、叩けば埃が出るよ、幾らでも」

六

比良坂ホテルから、最寄りの品川駅を目指して歩いた。

焼け残った町並みが雨に打たれ、灰色にたそがれていく。泥土の道に、水が流れ、水溜りがあちこちにできている。傘を打つ雨音が耳に響いた。政義と並んで歩く須藤は、うつむいて、足取りが重い。

「くたびれたか？」

「腹が減りました」

須藤は溜め息まじりに、

「腹をすかせていない日本人はいないですね。ああ、でも、飢えていない方々もいらっしゃる」

顔を上げ、

「比良坂大尉はどうしますか？　深夜にビュイックで外出したという証言がある以上は」

「そうだな。本人に確かめないと」

「署長に行ってもらいましょうか？　署長が直接出向いてこい、と言ってましたから」

「確かに、あの手のご子弟は、ひとすじ縄では、いかないな。周りの話を固めてからでないと。今日の証言をどう思う？　おもてヅラを引っぺがせたか？」

「おもてヅラの上に、もう一枚仮面を被られたのかもしれませんよ」

須藤は水溜りに踏み込んで撥ねを上げ、ああっと情けない声を出し、

「報告書はどうしますか」

とたずねた。

「署長は急いでるな」

「この時点でまとめるのは不公平です。米軍憲兵に予断を与えてしまいます」

「容疑者として比良坂弘毅を名指ししているようなものだからな」

「車の捜査対象を広げましょう」

須藤は朝の主張を繰り返した。侯爵家を庇おうというのではない。ここで打ち切るのは中途半端だ、弘毅だけを狙い撃ちにするような報告内容は公正ではない、と考えている。そこに須藤なりの正義感があるのだろうと感じた。

「その前に、比良坂弘毅が真夜中に車でどこへ出掛けたのかを確かめよう」

須藤は次の水溜りを飛び越えて言った。

「それで、気になる点って、何ですか？」

「え？」

「話が途中でしたよ。例の、ウィルさんです。気になる点がないことはないって、言ってたじゃないですか」

政義は、ためらったが、駅までまだ道のりがあるのを見て、

「個人的な思い出話なんだが」

と話しだした。

「息子が十歳ぐらいのときだった。日米青少年親善運動会という催しに参加したんだ。学校で希望者を募っていて。日曜日に、神宮球場を借りきって、子供野球とか、駆けっこみたいなことを

したそうだ」

俊則の、野球帽を被った楽しそうな顔が浮かんだ。体操服に、半ズボンを穿いていた。

「俺は、非番で家にいたが、息子が、背負われて帰ってきた。野球で張りきりすぎて、怪我をしたんだ。膝をすりむいて、足首を少し捻った。たいしたことはなかったが、気をつかって、参加者たちが連れて帰ってきてくれた。そのとき、おんぶしてきてくれたのが、アメリカ人の青年だった。二十歳前後だったかな。青色の瞳の、気のいい青年だった」

「ウィルさんですか」

「皆がウィルさんと呼んでいた。家で、お茶を飲んで一服してもらった」

「それがきっかけでウィルさんとの交流が始まったとか？」

「そこまではいかないよ。ただ、その後で一度、息子が行きたがるので、お礼を言いに、ウィルさんが勤めている横浜の店を訪ねた。輸入品の雑貨商だった。まあ、その程度の思い出話だ。おもかげの似た外国人の死体を見て、ふと思い出したんだ」

「気になる点があるって、どういうことですか」

政義は、ううん、と曖昧な声を出し、

「その親善大会だが、主催者か協賛者に、比良坂侯爵家の名前があったように思うんだ。そうだったとしたら、当時、大会に参加するアメリカ人の若者を集めるのに、侯爵家や比良坂ホテルの、関係者や出入りの業者に声を掛けて、動員したかもしれない」

「横浜のその雑貨商も?」

「まだ確かめてはいないが。もし、かつて侯爵家とつながりのあったアメリカ人が、侯爵家の所有地に死体となって捨てられていたとすれば」

「気になりますね」

「だが、まあ、あくまでも個人的な思い出だ。十五年ほども前の」

平和でしあわせだった時代のささやかな思い出。あれから戦争があって、俊則は亡くなった。ウィルさんもおそらくは開戦前にアメリカへ帰り、この国でいま消息を知ることはできないだろう。膝と足首に包帯を巻いた俊則をおんぶして、玄関先に立った白人青年。政義は、まぶたに浮かぶその姿を、記憶の底に押し沈めた。

七

淀橋署に戻ったときには暗くなっていた。羽刈の姿は相変わらず見当たらなかった。羽刈の机がある庶務課分室は、署長室の隣りだった。のぞいてみると狭い室内は電灯が消えていて、皆退勤した気配だった。政義はドアをばたんと閉めた。

「まったく、どうなってるんだ」

署長室のドアが開いて、上尾が廊下をうかがった。何かを待っているようすだった。

「渡良瀬か、ちょうどいい、入ってくれ」

政義を招き入れた。

「報告書は？」

「まだですが。どうかしましたか」

「米軍憲兵から電話があった。これから行く、と」

「何をしに？」

「さあ。捜査状況を知りたいんだろう。途中経過でいいから君が答えてくれ」

執務机に就き、落ち着かないふうに机の上を片付けた。

「羽刈君の居所をご存知ですか？」

「今朝、君のところへ行ったはずだが。羽刈は自ら熱心に志願したんだ」

政義は、いぶかしげな顔になった。

「署長が手伝うようにお命じになったのでは？」

「いいや。どこから聞きつけてきたのか知らんが、今朝、突然ここへ入ってきて、焼け跡の死体の事案を応援したいと言い出した。渡良瀬も人手不足だと言ってたから、ちょうどいいと思ってな」

突然の志願とは奇妙だった。羽刈は死体の身元調べという仕事ができて安堵の表情を浮かべていた。今朝いったい何があったのだろうと思った。今朝の署内のようす。革命評議会を名乗る男たちの乱入。人民裁判がどうこうという脅し。

「羽刈君が言い出したのは、朝、革命評議会とかいう連中が押しかけてきた後でですか?」

「そうだった。やつらを外へ叩き出して、私がこの部屋に戻ってきた後だ」

「あの騒動のとき、羽刈君は乱闘に巻き込まれたんでしょうか?」

「いや、この隣りの部屋にいたと思うが。それがどうかしたか」

羽刈の志願の動機が知れたと思えた。羽刈は、戦時中の一時期、特高課に出向していた。今朝、特高に虐待された連中が人民裁判に掛けるといって乗り込んできた。騒ぎを知った羽刈は、このままでは顔を覚えられている連中に見つかって報復されてしまうと怖れ、どこかへ避難する場所を求めたのだ。夕刻を過ぎても署内に姿を見せないのは、外回りと称してここから極力離れようとしているからだろう。羽刈の気弱で神経質な顔がまぶたに浮かぶ。政義は胸中で、まったくどうなってるんだ、と繰り返した。

机上の署内電話機が鳴った。

「何だ? よし、通せ」

緊張した顔になった。

「来た。頼んだぞ」

軍靴の硬い足音が廊下に響き、昨日の朝死体発見現場に来た年かさの米軍憲兵が、二人の部下と日本人の通訳を従えて入ってきた。「MP」の文字が入ったヘルメットを被ったまま、上尾の前に立った。濡れた軍外套に雨滴が滴り落ち、床に染みを広げていく。

上尾が執務机を挟んで立ち上がると、憲兵は威圧的な口調で何か言った。鼈甲縁の眼鏡を掛けた中年の通訳が言った。

「報告書が届かないが、どうなっていますか」

上尾は力なく笑った。愛想笑いのつもりだろう。

「現在作成中です。お急ぎのご質問があれば、担当者がお答えします」

灰色の瞳が政義に向けられた。厳しく傲岸な目つきだった。

「犯人はわかりましたか?」

「現在捜査中です」

「被害者の氏名、身元は?」

「他の署員が捜査中です」

憲兵は、憤慨したまなざしで政義を睨み、上尾に向いた。

「日本の警察は能力が高いと聞いていたが。捜査の手を抜いているのではないか」

「とんでもない。誠意をもって取り組んでおります」

政義は、

「よろしいですか」

上尾が目で制すのを無視して、

「そちらで検死なさったのなら、教えていただきたいのですが」

憲兵は政義を見た。

「体内に銃弾は残っていましたか？　銃の種類がわかっていたら教えてください」

憲兵はためらったが、外套の前を開け、自分の拳銃を抜いて政義に手渡した。ずっしりと重いオートマチック式の軍用拳銃で、銃身に刻まれた英語の「ＣＯＬＴ」だけは読めた。

「米軍の制式拳銃で、Ｍ一九一一Ａ一と呼ばれるものです。これで撃たれていました」

政義は銃を返し、上尾と目を合わせた。米軍の銃で撃たれたのなら、米兵同士の揉め事ではないのか。憲兵が言った。

「言っておくが、あの死体は、我々進駐軍の兵士ではない。軍の兵士で上陸後、行方がわからなくなった者はいない。そちらで隠していることがあるのでは？」

上尾が大きく手を振った。

「とんでもない。誠意をもってやっておりますから。報告書も、現在作成中です」

憲兵は険しい顔で上尾を指さした。

「嘘だ。隠している。死体の写真を撮っただろう」

上尾の顔が強張った。

「撮るなと言ったのに。写真を現像して、隠匿している。隠していることがないなど、嘘だ。あなたは信用できない。写真をここへ出しなさい。ネガも一緒に」

上尾は蒼白な顔を政義に向ける。

「写真は？　どこにある？」

「須藤に預けてあります」

上尾は署内電話で刑事課の須藤につないだ。

「例の死体の写真とネガを、いますぐ署長室へ持ってこい」

須藤を待つあいだに、上尾は、捜査の経過を政義に話させた。政義は、死体を運んだ車のものとみられるタイヤ跡があり、その車を特定する捜査を進めていると説明した。説明しながら、死体の写真を持っていることを米軍憲兵に告げ口したのは誰だろう、と考えていた。どこかに米軍憲兵隊と通じている者がいるのだ。

須藤が茶封筒を持ってきた。憲兵は、写真を確かめると茶封筒に戻し、尊大なまなざしを上尾に向けた。

「あと三日の猶予をあげます。結果を出してください」

上尾の脇に控えていた須藤が言った。

「待ってください。あと三日と言っても、明日明後日は、土曜日曜です」

通訳が自分の口で答えた。

「警察の捜査は土日は休みですか。一日遅れればそのぶん犯人は遠くへ逃げてしまいます。捜査よりも大事なことがあると言うのですか」

「自分の家族を捜します。米軍の空襲で行方不明のままです」

上尾が割って入った。

「いまのは通訳しなくてけっこうです。承知しましたとだけお伝えください」

ドアが乱暴に閉まり、軍靴の音が離れていく。須藤は憤りの色を浮かべてドアを睨んだ。

「あいつら、何しにここへ来たんですか」

政義は言った。

「知りたいことがあったんだ」

「死体を持っていったくせに。何がわからないんでしょうか」

「死んでいたのが誰なのか、進駐軍でもわからないんだろう。それで混乱しているんだ」

上尾がつぶやいた。

「期限を切りやがった。どうしてあと三日なんだ」

政義は上尾に言った。

「捜査本部を起ち上げて、捜査員を大幅に増やしてください」

「そんな余裕はない。あと三日なら、このままのほうが、小回りが利いて、いい」

「たった三人では小回り過ぎます。進駐軍は事件を既に知っているわけですから、いまさら秘密捜査でもないでしょう。箝口令なんか、もう意味がありません」

「ワニガメが弱音を吐いちゃあ、うちの署もお終いだ」

上尾は苦い顔で言った。

「箝口令は上の判断だ。ＧＨＱの日本統治が滞りなく始まるまで、この国ではアメリカ人殺しなど、あってはならんのだ。秘密にするのは、進駐軍にじゃない、国民に対してだ。そんなにカッカせずに明日もがんばってくれ」

窓外の宵闇に、雨の音が満ちている。

八

自宅に帰ると登美子が不安そうな顔で出迎えた。

「天井から雨漏りがして」

政義は溜め息を吐いた。

「雨が降るといつもだ。あちこち傷んできてるからなあ」

「俊則の顔の上に落ちるのよ」

政義は濡れた服を着替えもせずに、俊則の部屋だった六畳間に行った。

室内は、勉強机も本棚も生前のままに保存してある。ぽた、ぽた、と天井板を打つ音がする。天井板を濡らして、雨水が滴り落ちている。畳に新聞紙を敷き、防火用バケツを置いて、水滴を受けていた。俊則が布団を敷いて就寝していたときにちょうど枕と顔がくる位置だった。布団は押し入れにしまっていて、敷いてあるわけではない。政義は、ついてきた登美子に、バケツから離れた畳を指さした。

「布団を敷く場所を変えればいいさ」

「雨粒の落ちる音が耳について眠れないんじゃないかしら」

「今夜は帰って来ないよ」

「俊則は、いつ帰ってくるの」

薄暗いなかで登美子の瞳が光っている。

「ねえ、わたし、浜松に行って、あの子を待とうかしら」

「浜松？　俊則は浜松から別のどこかの飛行基地へ移動したんだ。浜松に行っても何もないだろ」

「でも、出発した浜松へ戻って来るんじゃない？　あそこからどこへ飛んだか、記録だって残ってるでしょう？」

「おまえ一人で行ったたって何もできないよ」

「一緒に行ってくれますか？」

「いまは仕事が忙しい」

登美子は大人しく台所へ行った。

政義は、水滴がバケツの水面に落ちる音を聞いていた。家へ帰ったらウィルさんの思い出話でもしようかと考えていたが、気持ちが甘かった。俊則の話題に触れて登美子の心を不安定にすることは避けなければと自戒した。

机の引き出しから俊則のアルバムを出し、挟んでおいた写真を取り出した。子供の俊則と、青年のウィルさん。政義は顔を寄せて見つめたが、ウィルさんの顔は小さく、少しピントがぼやけている。

写真をアルバムに戻すと、押し入れの上の襖戸を開けた。別の雨漏りの音を聞いたと思った。背伸びして、しまってあった木箱を取り出す。箱の蓋が濡れている。押し入れの天井板も濡れていた。政義は、風呂場から、たらいを持ってきて、水滴を受けた。

畳に置いた木箱の蓋を取って、中まで濡れていないか確かめた。戦前に買い集めたクラッシック音楽のレコードが詰まっている。ジャケットは濡れていなかった。ピアノ独奏で、ベートーベンの『月光の曲』、メンデルスゾーンの『春の歌』。バッハの『ヴァイオリン独奏』。クラッシックを聴くのが学生時代からの趣味だった。レコードを掛ける喫茶店に入り浸り、働きだしてからは、自分で少しずつ買い集めた。休みの日に家で掛けると、子供だった俊則も、神妙な顔で聴いていたものだった。戦争が始まり、統制が厳しくなってからは、木箱に詰めて押し入れの上へ上げてしまった。頭のなかに曲が鳴る。久しぶりにレコードを聴いてみたいと思ったが、蓄音機をレコード針ごと、民間供出で軍へ納めてしまった。

木箱を部屋の隅に置いた。濡れた靴下とズボンが冷たかった。

登美子を浜松へつれていってやろうか、退職を前倒しして。そんな考えがよぎった。

あと三日間で、事件を解決して。

登美子と晩ご飯を食べているあいだもそんなことを考えていた。

「この頃は、外へ出てるか？　散歩とかで」

「雨が降ってるじゃないの」

「この頃、だよ。ずっと家に籠もってると気分が晴れないぞ」

「四、五日前に、神宮のほうへ歩いてみたの。晴れた午後に。空襲の樹でひと休みして」

この界隈は空襲の被害を受けず、町並みも残っている。坂道を上った所に、樹齢何百年の欅の巨木があり、その木だけが、爆弾の直撃を受け、大きく広げていた枝葉が焼けた。太い幹は残り、そのまま立ち枯れるかとみられたが、春から初夏にかけて若い枝が焼け焦げた幹の上部から伸びはじめて、丸刈り頭の髪がまた伸びてきたような外観になっている。空襲の樹、と呼ばれていた。

「そうしたら、空襲の樹にね――」

玄関の板の間で、電話機が鳴った。

「出るよ」

政義は立って出ていき、受話器を取った。

「もしもし、渡良瀬です」

「ああ、比良坂です」

しわがれた男の声だった。

「ひら？」

「比良坂昭臣です」

「侯爵閣下」

確かに、聞き覚えのある侯爵の声だった。

「ご子息の、渡良瀬俊則君の件だが。海軍省にいた知り合いに電話をしてみた。米軍の、特攻隊員捕虜名簿に、その名前がないか、確かめることはできないかと、伝えておいた。上手くいけば、近々返事が来るはずだ。それだけしかいまはお伝えできないが」

淡々とそう話した。政義は頭を下げた。

「ありがとうございます。格段のご配慮をいただきまして、感謝申し上げます」

では、と通話は切れた。

「どなた？」

「仕事の話だ」

自分の声に喜びが洩れ出ている。俊則につながる細いひとすじの線のように感じて、受話器を握りしめていた。登美子にはまだ上手く話せないと思った。食膳を片付ける物音が聞こえ、台所へ消えるまで、板の間にたたずんでいた。

第三章　九月一日 土曜日

一

土曜日の朝。雨は止まない。秋物の背広を着て出勤した。刑事課の部屋へ入ると、政義の机に椅子を寄せて、須藤と羽刈がひそひそと話していた。羽刈は政義を見ると、

「おはようございます」

と愛想良く言った。須藤の表情も明るかった。二人の雰囲気に馴染めずに、無言で自分の椅子に就いた。須藤が言った。

「わかりましたよ」

「何がわかったんだ?」

羽刈が告げた。

「死体の身元が。該当するとみられる人物が見つかりました」

政義は思わず身を乗り出した。

羽刈の、前髪が掛かる切れ長の目には、疲れの色がある。無精髭がうっすらと伸び、麻の背広とズボンは昨日より草臥れている。漢方薬の臭いが強かった。

「昨日は一日中、外を飛びまわっていたのか」

羽刈は自分の手帳を広げ、小さな字でびっしりと記した捜査記録を目で追った。

「ウィリアム・クロフォード、三十四歳。サイパンから出撃して六月一日に大阪を空襲したB二九のうちの一機が、大阪東部に墜落し、生存していた搭乗員が、大阪南部の信太山にある陸軍の捕虜収容施設に収監されました」

「捕虜か」

「はい。処刑を免れ、終戦で解放されました。しかし進駐軍に合流せず、大阪の日本人の知人を訪ね、そこで背広や靴、身の回りの物を揃えています」

「日本に知り合いが？」

「大阪で貿易商を営んでいる人物です。ウィリアム・クロフォードは、戦前、横浜のアメリカ人貿易商の会社で働いていました。ある程度の日本語ができて、仕事の関係で日本人の知り合いもいたようです」

須藤は、もの問いたげに政義を見ていた。政義と目が合うと言った。

「ウィルさん？」

政義が、いやあどうだろうな、というふうに首をひねると、須藤は、

「ウィリアム。ウィル。ウィルさん」

とつぶやいた。羽刈が手帳から目を上げた。

「何ですか」

「いや。それで？」

「戦争末期、米軍捕虜は捕まえた地方で処理せよ、と軍の指令が出ていたはずです。処刑を免れたのも、日本語で米軍の情報を小出しにして時間を稼いでのことでしょうね。頭の回る人物だったみたいです」

羽刈は手帳のページをめくった。次のページも小さい字で埋まっている。

「一日でよくそこまで調べることができたな」

「写真の死体は痩せていたので。捕虜か、収容されていた民間人か、と目星をつけたのが上手くいきました」

須藤が言った。

「軍の機密事項でしょ？　私がいた横須賀では記録はすべて焼却していました」

羽刈は苦笑した。

「軍の施設はそもそも警察の照会なんか受け付けないよ」

政義に向いて、

「解放された捕虜が何か勝手な動きをしていないか。東京、名古屋、大阪、と都市部の警察に、問い合わせてみたんです。頼って行った大阪の貿易商は、空襲で倉庫を焼かれて無一文になっていたので、クロフォードは、見ず知らずの洋服店や何軒かの店で、押し入り強盗同然に、必要な物を手に入れました。拳銃をちらつかせたりもしたそうです。それで、相談された警察が、米軍人を逮捕はできないけれど、居候していた貿易商を訪ねて、調書だけは整えていたんです」

「拳銃を持っていたのか」

「解放された際に取り戻した自分の物でしょう。おそらく米軍の軍用拳銃ですね」

「コルトのM一九一一A一？」

「そこまではわかりません」

「強盗そのものだな。しかし、捕まえるのは、はばかられた」

「戦勝国の兵ですからね」

「進駐軍に直帰しようとせず、私服に着替えた。大阪で何をしたんだろう？」

羽刈は手帳を見た。

「居候していたのは四、五日のあいだです。服や身の回りの物を手に入れると、大阪駅から汽車に乗りました。途中から監視していた刑事がそれを確認しています」

「切符は、どの駅まで？」

「切符など買わずに。堂々と無賃乗車です。後で貿易商に確かめると、横浜へ行く、と言っていたそうです。横浜のどこへ行くとか、何をしにいくとかは、言わなかったと」

須藤がつけ足した。

「二十八日の昼頃には、城野の闇市周辺を歩いていました」

政義は、羽刈に日にちを確かめながら、ウィリアム・クロフォードの行動を、机上のノートに鉛筆で整理した。

八月十六日、大阪で捕虜収容施設から解放される。

十七日、大阪の貿易商を訪れる。連泊してその間に服装などを手に入れる。

二十一日、横浜へ行くと言い残して大阪駅から汽車に乗る。

二十二日、横浜着?

二十八日、昼頃、新宿の城野の闇市周辺を歩いていた。

二十九日から三十日にかけての深夜、射殺される。

三十日朝、城野の闇市そばの焼け跡で死体発見。

三人でその記述を見つめていた。政義が顔を上げた。

「先ず、新宿でゴン太に目撃された翌日に射殺された白人が、大阪にいたその米兵と同一人物であることを確認しよう。須藤、例の、もうひと組焼きまわししたやつは?」

「更衣室の、私の衣装戸棚に」

「それを、大阪に送って、向こうの刑事と貿易商に顔を確かめてもらおう」

「米軍憲兵にネガを奪われましたから。あれしか残っていませんよ。送ってしまうと」

「それなら、似顔絵を描き起こして、絵のほうを送るんだ」

手配書の人相描きを担当している鑑識係の刑事にこっそり頼もうと思ったが、死体の写真があると米軍憲兵に密告したのが誰なのかわからないのに気づいた。

「知り合いに、映画館の看板屋がいる。その人に描いてもらって、大阪へ速達で送ろう」

ノートの紙を一枚破り、看板屋に依頼する文を走り書きした。

看板屋は、淀橋署管轄内の映画館の大看板を受け持っていて、戦前は外国の映画俳優の顔を描き慣れていた。政義とはクラッシック音楽の趣味が同じで、レコード喫茶の常連客として若いときから友達付き合いをしてきた。政義は、もう一枚破り、看板屋の名前と住所、地図を記し、羽刈に、大阪の所轄署と情報提供した刑事の名前を書かせた。

「大阪の刑事に事情を電話しておいてくれ。この署の外から」

羽刈は黙ってうなずいた。米軍憲兵が昨夕ここへ乗り込んで来たいきさつを須藤から聞き、この捜査が置かれた状況を理解しているのだろう。須藤は、紙を畳んで内ポケットに入れ、刑事課を出ていった。

羽刈はノートの記述を指さした。

「二十二日に横浜駅に降りたとして、そこから、二十九日の夜に射殺されるまでの、八日間。このあいだの足取りを調べる必要がありますね」

政義は、「二十二日、横浜着?」と記した「?」の文字に目を留めた。

「大阪で言ったとおりに本当に横浜へ行ったのかな? ウィリアム・クロフォードは、戦前、横浜のアメリカ人貿易商のところで働いていたそうだが、店の名前は?」

羽刈は自分の手帳に目を落とした。

「横浜市山下町、マーチン商会。山下町といえば、中華街のある界隈ですね。あの辺りも空襲で焼けたかもしれません」

目を上げて、政義の顔を見守った。

「どうかしましたか?」

「いや、ああ、マーチン商会か。そんな店の名前だった気がする」

「何の話ですか。須藤君が言ってた、ウィルさん?」

政義は昨日須藤に語った思い出話を手短に話した。

「ウィルさんが働いていた輸入雑貨商は、確か、人の名前が付いた店名だった。マーチン商会、と聞けば、そんな名前だった気もする」

羽刈は、政義を見つめて話を聞いていたが、

「だとすれば、渡良瀬さんにとっては、因縁ですね」

自分の手帳に目を落として、何か考え込んだ。政義は訊いた。

「マーチン商会の経営者は? マーチン?」

「渡良瀬さんが息子さんと店を訪ねたときは、どうでしたか？」

「陶磁器の珈琲茶碗を買ったんだが、そのとき応対したのが、三十歳ぐらいの白人男性だった。店の主人だと思うが。名前は知らない。彼も戦争でどうなったのか」

「米国へ強制送還か、その前に自ら帰国したか」

政義は、遠くを見る目になる。俊則と訪ねたときに会った店の男の容貌を思い出そうとしたが、記憶は薄れていた。

「俺の個人的な思い出と、羽刈君が調べ出してくれた事実と、ごっちゃにしてしまったな。戦前の横浜には大勢のアメリカ人が居た。ウィリアム・クロフォードがそのウィルさんなのかどうか、まだ何の確証もない。話を事実だけに戻そう」

羽刈に視線を向けた。

「クロフォードが横浜へ行ったのなら、この貿易商に関係したことかもしれない」

羽刈はうなずいた。

「私は、クロフォードの足跡を追います。横浜へ行ってきます」

政義は、ノートの、二十八日、新宿の城野の闇市周辺を歩いていた、という一行を見た。

「俺は、侯爵家の関係から被害者に辿りつけないか、探ってみよう。貿易商の関係で、何か、つながりそうだ。クロフォードと侯爵の線がつながれば、解決の突破口になる」

羽刈は手帳をポケットにしまうと立ち上がった。

「出る前に、署長に、クロフォードの情報を伝えておきましょうか」

「頼みます。署長も進駐軍に進捗状況を入れて機嫌を取らなくちゃならんだろうから」

羽刈はうなずいて廊下へ出ていった。革命評議会の報復から逃げるという消極的な動機だけではこれほど熱心に働けないだろう。あいつも根っからの刑事か、と感じて、右足を曳く靴音が遠ざかるのを聞いていた。

二

政義は刑事課の受話器を上げ、交換手に、麻布の冨久司につなぐよう頼んだ。

「もしもーし」

昨日赤い屋根の家に招き入れてくれた男の声が大きく響いた。政義は受話器を耳から離した。アメリカ民謡が聞こえる。『オールド・ブラック・ジョー』だ。

「昨日お邪魔した淀橋署の渡良瀬です、朝からすみません」

「あ、刑事さん、昨日はご苦労様でした」

あいかわらず、気分が高揚している張りのある声だった。

「冨久司さんは、侯爵家に出入りの業者をご存知だとおっしゃっていましたね。業者の名前、できれば連絡先を、お教え願えませんか」

「え、出入りの業者ですか、私、そんなことを言いましたか」

「はい。業者から、よくない評判ばかり聞いた、と」

「そうでしたっけ」

ううん、ええっと、とつぶやく声がして、

「ばん、ちょう、だったか」

「ばんちょう？　どんな字ですか？」

「いや、私、直接は知らないので。出入りの業者はいろいろいたけど、それをまとめて、侯爵家に取り次ぐ、元締めみたいなのがいて。確か、ばんちょう、だったかな」

「では、その、ばんちょうさんとやりとりのある、いろいろな業者のなかで、冨久司さんが直接お知り合いの業者を、お教えいただけますか」

「いやあ、どうも、知りませんねえ」

「昨日は、ご存知だと」

「侯爵家の良くない評判は、まあ、有名です、というか、また聞きの類いですけど。業者の会合や懇親会なんかで、雑談のなかの噂話みたいに聞いた話が多いですから」

冨久司の情報は確かめるほどに曖昧になっていく。政義は、がっかりしたふうに背を丸め、肘を机上についた。

「冨久司さんは、横浜市山下町のマーチン商会はご存知ですか？」

「どうだったかな、名前を聞いたことがあるような。直接は知らないですが。横浜はかなり焼けたから、もう無くなってるんじゃないかな」

「そうですか。ありがとうございました」

「どういたしまして。何でも訊いてください」

「ああ、それと、冨久司さんは、進駐軍にお知り合いがいたり、最近連絡を取ったりしましたか？」

「いいえ」

最後の否定だけは、いやにはっきりと言い切った。受話器を置いて、政義は溜め息を吐いた。冨久司は、貿易商として、果たしてどれだけの活動実績があるのか、あやしいものだった。侯爵家と関係のある業者を、具体的には一人も知らない。ばんちょう、という名前も不確かだった。これでは、真夜中に比良坂弘毅がビュイックを運転して出掛けたという目撃談も信憑性が薄れるように感じる。政義が死体の写真を持っていたと米軍憲兵に告げたのは冨久司なのかどうか、いいえ、の語気の強さからだけでは推測できなかった。

資料室へ行って、戦前の職業別名簿や電話帳を調べたが、ばんちょう、という貿易商は見当たらなかった。自分の机に戻って座り込んだ。

侯爵家や比良坂ホテルに出入りしていた業者のなかにマーチン商会があれば、そこで働いていたクロフォードと侯爵家は一本の線でつながる。ばんちょうに訊けば確かめられる。

闇市の城野忠信の顔が浮かんだ。郭忠信。侯爵に召されて大陸の物資や美術品を調達する仕事に就いていたという。侯爵家出入りの貿易商ともつながっていただろうから、城野に訊けば、ばんちょうの居所がわかるかもしれない。しかし、侯爵家周辺の捜査に城野がすんなりと協力するとは思えなかった。

また溜め息が出た。ふと、青佐食堂の青佐の顔が浮かんだ。もとは比良坂ホテルのレストラン厨房にいたのだから、食材の業者なら知っているにちがいない。

政義は立ち上がり、出入口の壁に立てた自分の傘をつかんだ。廊下へ出て、自分の机に取って返し、ノートの新しいページに、「須藤君へ。城野のマーケットへ行く」と走り書きを残し、部屋を出た。

三

肌寒い雨の街へ出た。

新宿駅の駅舎には、雨で行き場をなくした野宿者たちが生気のない顔で座り込んでいる。子供もいた。柱や壁にぐったりと凭れて、呆然と雨空を眺めている。床に横倒しになって動かない者もいた。垢黒い手指に蠅が止まっている。蠅は壁に止まるのと同じように動かない手指で休んでいた。

政義は駅の東側へ出て城野の闇市を目指した。降りつづく雨で地面はぬかるんでいる。

焼け跡を通る道の向こうから、自転車を飛ばして来る者がいた。近づいてくると、それは青佐君江だった。急ぐようすで、懸命にペダルを漕いでいる。自転車の荷台に、ゴン太が立ち乗りをして、片手で君江の肩をつかみ、片手でこうもり傘を差し出して君江を雨から防いでいた。

「危ねえぞお」

ゴン太が叫ぶ。歩く人が驚いて避けた。水溜りの跳ねを上げ、速度を落とさずに突っ込んでくる。政義が道端に避けると、すれ違いざまに君江は、あっと気づき、

「おはようございます」

と叫んで走り過ぎた。

城野の闇市は、今朝も、屋根のない大方の露店は休んでいた。トタン板の屋根がある青佐食堂は、いつものように麦飯のおむすびを並べ、君江の代わりに、十歳前後の少女が団扇であおいでいる。かまどでは、青佐が大鍋ですいとん汁を作り、その足元で二人の男の子が薪をくべていた。

「おはようございます。君江さんが自転車で走っていましたが、何かあったんですか?」

青佐は柄杓で大鍋を混ぜながら、

「駅舎に、見慣れない子供がいるそうです。うずくまって元気がないと。ゴン太は毎朝、見回りに行くんです。この子らも、それでここへ来ました」

男の子たちは、膝に手をつき、かまどの炎を見つめている。戦災で家も家族もなくし、戸籍さ

え役所ごと消失しているかもしれない。学校が再開しても、公共の網からは、こぼれ落ちていそうな子らだった。

青佐は、忙しいのですが何か？　という顔で政義を見た。

「またお訊きしたいことがあって。青佐さんは以前、比良坂ホテルの厨房で働いていたんですね」

「ええ、そうですが」

「貿易商の、ばんちょう、という人物を知りませんか？」

「ばんちょう？」

「侯爵家に出入りする業者を取りまとめていたと聞きました」

「それは、ばんちょう、ではなくて、ばんしょう、ですよ。順番の番に、たくみ」

「番匠、ですか」

その名前なら、たぶん、職業別名簿や電話帳に載っていた。

「番匠さんがどうかしたんですか？」

「おたずねしたいことがあるので。どちらにお住まいかご存知ですか」

「芝の愛宕町に自宅があったと思いますが」

醤油の一升瓶を取って大鍋の上で傾ける。政義は言った。

「あの辺りは、焼けたのかな。番匠さんは、商売は続けているんでしょうか」

「どうですかね。まあ、どっちにしても、戦時中は、比良坂ホテルも閉まっていたし、番匠さんも開店休業だったんじゃないかな」

柄杓で混ぜると、すいとん汁の美味しそうな匂いが雨中に広がった。

「横浜の、マーチン商会という貿易商はご存知ですか？　比良坂ホテルと取り引きがあったかもしれません」

「いいえ、知りません」

「ウィリアム・クロフォードというアメリカ人は？　ホテルに出入りしていませんでしたか？」

「知りません。私は、厨房の下っ端コックでしたから」

青佐は、すいとん汁を柄杓でお碗に移して、二人の男の子に渡し、店番の少女にも運んでやり、食べるのを見守った。

「この子らを、ちゃんとしたところに住まわせて、学校へ行かせなきゃいかんのです。しかし、戦災孤児の収容施設がどんな内情なのか、心配です。ひどい環境だと、逃げ出して、けっきょく、上野の地下道辺りで飢えて凍えることになりかねない」

「この子らはどこで寝ているんです？」

「うちに住まわせています。ゴン太は別ですが」

政義は雨に打たれる焼け跡を眺めた。ゴン太の番小屋は板切れのゴミのかたまりに見えた。雨で内部まで濡れていそうだった。

「こんな天気でも、あの子は、自分の番小屋に?」

「昨日は、うちで。これから寒くなるので、このままうちに居させたいんですが」

「青佐さんは、空襲の前から、生活の苦しい子供たちに料理を提供していたそうですね」

「大人が助けなければ子供は生きられませんよ」

瞳に暗い色が宿っている。

「昨日も言いましたが、私は、侯爵家が援助する養育院で育ちました。比良坂ホテルの厨房で働き、侯爵家の使用人だった女と所帯を持った。独立して食堂を開業するときも、支援をしてくれたのは、侯爵です。今度は私が、この子らを生かしてやる番です」

三人の子を順に見ながら、

「この子らの家族や、引き取り手を、早く探し出してやらなければ。もし見つからなかったら、うちから学校へ行かせてやります」

「ここで面倒を?」

「子供らが将来希望すれば、この焼け跡で、商売や仕事ができるように、侯爵にお願いするつもりです」

「あっ、帰って来た」と店番の少女が叫んだ。

駅のほうから、君江が自転車を押して歩いてくるのが見えた。君江と並んで、須藤が傘を差し掛けている。自転車の荷台に、小さな子供が一人、背中を丸めてぐったりと座っていた。その横で、ゴン太がこうもり傘を差し掛けている。

青佐は道へ迎えに出て、子供を抱き上げると、かまどの前に運び、木の丸椅子に座らせた。君江が手拭いを持ってきて髪や服を拭いてやった。

子供は、髪の毛がぼさぼさに伸び、汚れた半袖シャツにズボン、破れた靴、痩せて腕が細く、腹だけが丸く出ていた。男児か女児かわからない。虚ろな目で周りを見ていたが、湯気の立つお碗を差し出されると、はっと目を輝かせて受け取った。

「熱いぞ。ゆっくり食べな」

君江は箸を渡し、父と一緒に、すいとん汁を啜る子を見守った。

「父さん、うちも手狭になってきたから、この子らの住む小屋を別に建ててもらいましょうよ。うちの隣りに、まだ土地があるじゃない」

青佐は五人の子供たちを見まわした。

「そうだな。ゴン太の番小屋も雨で台無しだ」

「わたし、忠信さんにお願いしに行ってくる」

君江は道に出て、サドルをハンカチで拭いて跨った。ゴン太がすいとん汁を飲み下し、追ってきて荷台に飛び乗り、こうもり傘を差し掛けた。

「俺らの家を建てるの？　俺、自分で建てるよ。材料も集める」

君江は、ポケットから口紅棒を出して手早く塗ると、須藤に、

「刑事さん、ありがとう」

と言い残し、ペダルを漕いで、城野の白い家へ走っていく。

政義は、君江を見送ってたたずむ須藤に近づいた。

「行くぞ」

須藤は、え、と驚いた顔になる。

「ここでの聞き込みは？」

「もう済んだ」

「城野には？」

「今日はいい」

須藤の視線が君江に流れる。

「彼女が気になるか」

「いえ、でも、大丈夫でしょうか」

「何が？」

「一人で城野のところへ行くんでしょう？　ゴン太は子供だし、何かあったら」

政義は須藤の視線を追った。

「俺にも意外だったがな、彼女は、城野さん、と呼ばずに、忠信さん、と呼んでいた」

はあ、それが？　という表情で君江を見送る須藤の肩を、政義は軽く叩いた。

「行くぞ」

四

昼前。雨は止まない。

愛宕警察署は焼け残っていた。道を隔てた東側の区画は焼け野原だが、警察署のある西側の町並みは、戦火を免れている。道一本挟んでまったく異なる景観だった。

慈恵病院の周辺から赤坂の方角は、焼けた所もあるが、戦前の町並みが残っている所も多い。アメリカ大使館があるので米軍も爆撃しなかったのかと思えた。

愛宕署で、貿易商の番匠の住所を問い合わせた。普段の捜査なら刑事課に寄って挨拶するところだが、秘密捜査といわれている手前、今日はそれもしないで外へ出た。

都電の通りを北へ歩き、教えられた町角を曲がって、家々の表札を見ながら進む。板塀で囲った落ち着いた風情の家が多かった。番匠が在宅していて、マーチン商会と侯爵家、比良坂ホテルとの取引きが過去にあったと証言を得ることができれば、捜査の目鼻が立つ。突破口に近づいてきた予感がする。

大和塀に、小さな数寄屋門。表札に、番匠、とある。

門の格子戸に手を掛けると、鍵は掛かっていなかった。曇り硝子を嵌めた玄関の格子戸も、するすると開いた。土間に、くたびれた革靴が一足揃えてある。

「ごめんください」

真っすぐに伸びた薄暗い廊下に声を掛けた。

廊下の両側に並ぶ襖は閉め切ってあって、平屋の家全体が、しんと静まっている。

玄関の板敷の隅に小さな飾り台があり、風呂敷に包んだ物が置いてある。包みの結び目を指で引っ張ると、ウィスキーの角瓶が見えた。

「誰かの土産物でしょうか。呼んでも返事がないから、ここへ置いて帰ったのかな」

須藤がそうつぶやいた。政義はもう一度、

「ごめんください」

奥まで通る声を上げたが、応える気配はない。雨が屋根瓦を叩く音だけがする。

「番匠さん、お邪魔しますよ」

靴を脱いで上がり、左手前の襖を開けた。

板敷の六畳間で、西洋風の木の円卓と椅子がある。壁に、西洋中世の聖母像らしい油彩画が掛かっていた。シャンデリアを模した天井の電灯は消えている。応接間だった。饐えた空気がよどんでいる。窓には、灯火管制の遮光幕が掛かったままだった。

廊下を挟んで向かいの襖を開けると、板の間の食堂と台所だった。ここも薄暗く、ひんやりとしている。食卓、椅子、桐の水屋箪笥、どれも高級な造りだった。重厚な木目調の氷冷蔵庫まで備えてある。奥に、窓際の流し台。その横に、勝手口の一枚戸。

足を踏み入れようとして、ぎくりと止まった。あとに続く須藤が背中にぶつかった。

流し台のそばの床に、人が倒れている。うつ伏せで、こちらに足先を向け、胸から上は、勝手口の小さな土間に落ち込んでいる。素足に、灰色のズボン、麻の開襟シャツ。

「番匠さん?」

反応しない。死んでいる、とわかる。足裏の肌が白かった。

食卓の横を抜けて男に近寄った。両腕をだらりと土間に垂らし、広い額を草履に押しつけて、目と口は開けている。短く刈った白髪に、血がこびりついていた。後頭部を叩き割られて、血は狭い土間に流れている。土間に広がった血糊が半ば乾いている。鼻から出た血はこめかみから額を汚していた。

「番匠ですか」

須藤が背後から訊いた。

「俺たちは番匠の顔を知らないからな」

政義は室内を見まわした。

卓上に、何も入っていない珈琲茶碗と受け皿が二組。流し台に、やかんが転がっている。

勝手口の戸の掛け金は施錠されていなかった。政義はハンカチを出し、直接触らないようにして戸を開けた。雨音と肌寒い空気が入ってきた。軒下から雨が滴り落ちている。植え込みの陰の水溜りに、何かが転がっている。ブロンズ製の聖母の立像だった。

「愛宕署へ走ってくれ」

須藤が靴を履いて外へ飛び出していく音が静かな屋内に響いた。

政義はハンカチを持ち、廊下の両側に並ぶ襖を開けて、ひと部屋ずつのぞいていった。

応接間と食堂台所の他に、左に二間、右に二間ある。

応接間の隣りが、事務仕事の部屋、その隣りが、美術品工芸品の在庫を並べた部屋。

食堂台所の隣りが居間、その隣りが、奥の間。居間と奥の間は畳敷きだった。

奥の間には、仏壇があった。長押の上に、額に入れた遺影が並んでいた。軍服を着た青年が二人と、五十歳前後の女。番匠は妻を亡くし、二人の息子も戦争で喪ったのだろう。

どの部屋も小ぎれいに片付いていて、荒らされた形跡はなかった。独り暮らしで、きれい好きだったようだ。

玄関で待っていると、須藤が愛宕署の署員を案内してきた。刑事課の刑事たちと司法主任の警部補が、手回し良く鑑識係や検死医、制服巡査まで引き連れてきて上がり込んだ。

顔見知りの、刑事課の紺屋がいた。政義と同世代で、髪は半白になっているが、がっしりとした体格の柔道の猛者だった。廊下に立つ政義に近づき、

「ご無沙汰してます」

口もとは笑っているが目つきは厳しい。刑事独特の詮索する目になっている。政義は、刑事課

に寄って挨拶しておけばよかったと悔いた。

「ホトケさんとは知り合い？」

「いや、うちのヤマの絡みで、訊きたいことがあって訪ねてきたんです」

紺屋は、ははあ、とうなずいた。いかつい顔に納得した表情はない。

台所で声がする。

「撲殺だな。犯行時刻は、昨夜の、宵の内だ」

検死医が死体を見ているのだろう。政義が聞き耳を立てると、紺屋は言った。

「おたくの署と合同捜査になるかもしれんね。本庁からも人が来るだろうから、その前に、話をすり合わせておきたいですな」

淀橋署の上尾署長は、秘密捜査は上の判断だ、と言っていた。上、が警視庁の上層部や内務省を指すのなら、愛宕署の現場が動きだしても、上から待ったが掛かるかもしれない。現場の捜査員同士で話をすり合わせる前に、署長同士を話し合わせておいたほうがいいと思った。政義は言った。

「うちの署長に判断を仰がなきゃならんこともあってね。おたくの署から電話させてもらえますか」

「いいですよ、署に行きましょう」

先導して靴を履いた。政義は、須藤をここへ残すと愛宕署員から質問攻めに遭うだろうと考え、手招きした。傘を差して紺屋に続いた。

「おおい、こら、待て」

門の前で大きな声がする。雨合羽を着て立っている巡査が怒鳴ったのだった。紺屋が門を出た。

「どうした？」

「こちらへ歩いてきた男が、私に気づくと、向きを変えて、走っていきました」

政義は須藤と目を見合わせた。須藤が巡査にたずねた。

「どんな男ですか？」

「黒いハンチングを被った、中年の男です。茶色の背広に、こうもり傘を差した」

巡査は、都電の通りを指さした。

「あそこを右へ曲がっていきました」

須藤は傘を差したまま駆け出した。政義はあとを追った。都電の通りを折れて、北のほうへ、須藤は走っていく。その前方を、巡査の言った風体の男が逃げていく。

須藤は政義をどんどん引き離して、男に追いついていく。男は、須藤を振り返ると、傘を捨て、車を避けて交差点を斜めに渡り、焼けた一画に沿って駆ける。須藤も傘を捨て、水を跳ね上げて駆けた。

政義は、須藤の傘を拾い上げて走った。息が上がる。この前に走ったのはいつだったか、と思い、終戦の日の暑かった焼け跡を思い浮かべた。

瓦礫の向こうに国民学校が残っている。その塀の脇で、須藤は男に追いついた。男は腕をつかまれ、振り切って逃げようとしたが、須藤に組みつかれた。須藤と男は雨のなかを転がった。

紺屋が政義を追い抜いて、男の襟首を大きな手でつかんで引きずり起こした。

男は濡れたハンチングを片手で自分の頭に押さえて、怯えた顔で紺屋を見た。

「私は何もしていません」

悲鳴をあげるように言った。紺屋は男の片手に手錠を掛けた。

「話は署で聞く」

男はうなだれた。顎の先から雨粒が滴り落ちる。紺屋は須藤を振り返った。

「大丈夫か」

須藤も全身ずぶ濡れだった。政義はようやく息を整えた。

「よくやった」

傘を差し出すと、須藤は屈託のない笑顔を浮かべた。

五

男は取調べ室に入れられた。手拭いを一枚与えられただけで、尋問用の机に就かされた。

紺屋が向かい合って座った。その後ろの壁際に、政義と須藤は許可を得て立った。須藤は、手拭いと巡査用の備品の白シャツを渡されたが、手拭いで顔を拭っただけで、男を見つめた。

男は、荏原郡入新井町の木谷初太郎、と名乗った。

戦前は親の跡を継いで古美術商を営んでいたが、出征して北支で負傷、除隊後は品川の軍需物資倉庫で働いて終戦を迎えた。番匠とは戦前からの知り合いだった。古美術を扱っていた頃、番匠の下請けをして世話になっていた。番匠は、欧米やアジアの古美術、骨董品を扱い、雑貨、食品の輸出入にも手を広げて、日中戦争の頃までは、かなり儲けていたが、戦争が激しくなると、休業状態になり、自然と引退したようになっていたという。

数日前、町で偶然、番匠と出会い、立ち話をするうち、番匠が、戦前のような仕事を再開したい、木谷も手伝ってくれ、と言うので、ではあらためて挨拶にうかがいます、委細はその節に、と言って別れた。それで、さっき、番匠の家を訪れたのだが、門前に巡査が立っていたので、何か取り込みがあるのなら日をあらためて出直そうと考え、引き返した。

紺屋は鼻先で笑った。

「走って逃げたじゃないか」

「いえ、それは、そこの刑事さんが、もの凄い形相で駆けて来るので、強盗かと。警察だと知らなかったもんだから、何だかわからないけれど身の危険を感じて」

「馬鹿野郎っ」

木谷は一喝されて身を縮めた。紺屋は覆いかぶさるように木谷に顔を寄せた。

「巡査を見て逃げたのはなぜだ？　戦前のような仕事、というのは、警察の手入れを恐れなきゃならん内容か？」

「いえいえ」

首をぶるぶると振った。

「違います、古美術品の売買です、やましいところはまったくありません」

「それなら逃げ出すことはないだろう。なぜ逃げたかの説明になっておらん」

「それは、巡査が立っているのを見て、何となく、何か事件みたいなものがあったのかと、そんな気になりまして。怖くなって」

紺屋は苛立って机上を拳で叩いた。政義は言った。

「いいですか？」

紺屋は、ああ、と拳をひっこめた。政義は木谷に訊いた。

「町で番匠に会ったのは、正確には、いつだ？」

ええっと、と手錠を嵌められていないほうの手で指折り数え、

「火曜日でした。二十八日です。昼頃、品川の駅前で、ばったりと」

「再開する仕事の内容は具体的に何か、言ってなかったか？」

「いいえ、短い立ち話でしたから。私が、ホテルの仕事ですかと訊いたら、まあそんなところだ、とだけ」

品川駅は高輪の比良坂ホテルの最寄り駅だった。木谷はその場所で番匠と出会ったからそう頭が回ったのだろう。番匠は、ホテルか、品川駅周辺のどこかの店で、支配人の朔耶と会い、ホテル再開の話をされたのかもしれない。二十八日の昼頃といえば、ちょうど背広姿の白人男性が新宿の城野の闇市界隈を歩いていた時分だった。同じ時間帯に、品川には、朔耶と番匠がいたようだ。

「番匠が仕事を手伝ってくれと声を掛けていた業者は、他にもいるか?」

「私だけです」

「言い切れるのか」

「戦前もそうでしたから。番匠さんはホテルに出入りの業者を束ねて仕切ってはいましたが、それは商売上の取引きの関係でした。私は、下請けというよりも、弟子か見習いという子弟関係でしたので、手伝ってくれ、という言葉で声を掛けられたんです」

「横浜のマーチン商会を知っているか?」

「マーチンですか。いいえ」

「ホテルに仕事で出入りするアメリカ人に会ったことは?」

「ありません」

須藤が言った。

「さっき、番匠の家の玄関に、ウィスキーの角瓶が置いてあった。指紋を調べればわかることだが、あんたが持ち込んだ物だな？」

かまを掛けたのが、木谷は恐れ入ったふうにびくびくしてうなずいた。

紺屋が怒った顔になる。

「さっきが初めてじゃないのか。嘘をつきやがって。番匠の家へいつ行ったんだ？」

「実は、昨夜の、宵に」

「正確には？」

「八時、過ぎていましたか。その時間なら、家にいるだろうと思って」

「門も玄関も開いていたのか？」

「はい、でも、家のなかは真っ暗で。玄関から何度か呼んだんですが、誰もいないみたいで。また出直そうと思って、手土産のウィスキーを置いて、帰りました」

「どうして置いていった？」

「せっかく手に入れた洋酒ですから。帰り道に追い剥ぎに遭っちゃあ、もったいないし」

政義は訊いた。

「ウィスキーは、玄関のどこへ置いた？」

「え？　確か、台の上に」

「あの台は、何か飾り物を置くための台じゃないのか。何も置いてなかったのか？」

「置いてませんでしたから、私も何も考えずに、あそこへ、ぽんと」

木谷は首を捻り、思い出したという顔になった。

「以前は、聖母像を飾っていましたよ。これくらいの高さの」

机上から三十センチほどのところに手のひらを止め、

「番匠さんは、聖母像が好きで。洋の東西を問わず、お気に入りの物があれば手元に置いています。そういえば昨夜は、あの聖母像が消えていました」

ふと口をつぐみ、怯えの色を濃くして、

「番匠さんは？　どうかしたんですか？」

紺屋はそれには答えず、

「昨夜訪ねたときに、おまえは家のようすに不審を覚えた。だから、さっきは巡査を見て逃げ出したんだな」

「はあ、まあ、いえ、そういうわけでは」

「おまえが逃げ出した理由で、納得できる説明は何もない」

「そう言われても」

「夜に、門と玄関が開いているのに、家のなかは真っ暗で誰もいない。追い剥ぎが出るような物騒な時代に。おかしいと思わなかったのか」

「それは、ちょっと外へ出ているのかと。近所に、おしげさんという人がいまして」

「おしげさん？」

「はい、後家さん、いや、英霊の未亡人で、まあ、その、番匠さんとはお互いに家を行き来していて、番匠さんの家の掃除なんかもする仲でして。番匠さんも、おしげさんの家でご飯を食べたりするみたいなので、今夜もそっちへ行ってるのかな、と思いまして。おしげさんのところへ私が押しかけて行くのも無粋ですし。それでとりあえずウイスキーだけ置いて帰りました」

政義は割って入り、

「その、おしげさんの家はどこだ？　住所は？」

「住所は知りません」

「地図を描けるか？」

政義は自分の手帳と万年筆を出して、木谷に、地図と女の姓名を書かせた。番匠の家とは一本隣りの道筋で、山内しげ。政義は紺屋を見た。

「行ってきます。構いませんか」

紺屋は、じろりと政義を見上げた。

「番匠の家に寄って、うちの刑事を一人同行させてください」

木谷は刑事たちのやりとりを神妙な顔でうかがっている。瞳の奥に、自分への疑惑を他の女へ向けさせてやったという狡猾な安堵が瞬いたようだった。

「あの、私ももうよろしいですか」

紺屋は振り返って睨みつけた。

「おまえ、数日前に番匠と久しぶりに再会したみたいなことを言ってたが、おしげさんのこととか、最近の番匠の生活に詳しいじゃないか。昨夜訪ねたことも誤魔化していたし」

「いや、それは」

「納得できん。筋道の通った話が聞けるまで、ここに泊まってもらおう」

政義と須藤は廊下に出た。須藤は警察備品の白シャツに着替え、自分の開襟シャツを小さく畳んで手に持ち、くしゃみをした。

番匠の家に戻ると、雨合羽を着た巡査たちが、路上や庭で遺留品がないか探していた。地面に水がついている。二日続きの雨で流されたものは多いだろうと思えた。

玄関に入ると、応接間の襖越しに、女の声がする。嗚咽しながら、訊かれたことに答えているようすだった。女物の地味な草履が脱ぎ揃えてある。政義は、そばにいた刑事に顔を寄せた。

「誰ですか?」

刑事は小指一本立てた。

「内縁の妻、みたいなもんじゃねえかな」

「妻?」

「近所に住んでるらしい。番匠が殺られたことを知らないで、昼飯はどうするんだって呼びに来たんだ」

「山内しげ?」

刑事はうなずいた。政義は靴を脱いだ。

「私も訊きたいことがあるので」

刑事は、政義に続こうとした須藤に、

「おい、おまえは駄目だ」

と怒った。須藤の靴下が濡れていて、板敷に足形がべったりと付いている。

「現場保存ができねえだろ。下りろ、おまえは上がっちゃならん」

須藤は渋々靴を履いた。政義は待っていろと目で言い、襖を開けて応接間に入った。

六

遮光幕は閉めたままで、シャンデリアを模した電灯が点いている。

円卓を囲んで、刑事が二人、女が一人、座っていた。女は四十代後半、木綿の紺絣に、髪を後ろでまとめただけの普段着姿で、取り乱したようすで泣いている。

二人の刑事は政義を睨んだ。

「あんたは?」

「淀橋署の渡良瀬です。紺屋さんが、山内しげさんの話を一緒に聞くように、と」

「紺屋が?」

政義がそれ以上は言わずに部屋の隅に立ったので、刑事は視線を女に戻した。

「それで、番匠さんを最後に見たのは？」

山内しげは、奥歯を噛みしめて、うなるように嗚咽した。

「昨日、お昼を、一緒に」

「この家で？」

「いいえ、わたしの家で」

「昼飯の後は？」

「番匠さんは、出掛けました」

「どこへ行くと言っていた？」

「それは言いませんでした。帰りは、何時になるかわからないから、外で食べる、と」

「日頃から、番匠さんは、三食あなたの家で食べていた？」

「はい、だいたいは」

肩を震わせる。

「今朝は？　朝食はどうしたんだ？」

「朝は、とらないことがありますし。帰りの時間がわからないと言う日は、外で飲んでいることがあるので、次の日はどうせ朝遅くまで寝ていますし」

「それで、今日は、昼になっても現れないのでようすを見に来た？」

「はい」

二人の刑事は顔を見合わせた。しばらく女の嗚咽の声だけが続いた。政義は、

「ちょっといいですか」

しげとも刑事ともつかずに声を掛け、

「番匠さんは、最近、仕事を再開すると言っていたようですが。そのことについて何か聞いていますか?」

山内しげは政義を振り返らずに、

「仕事の話は、細かい話は、あまりしませんから。ただ、戦前の、ホテルの仕事を、また、いただけそうだと」

「ホテルの名前は?」

「聞いていません」

うつむいたまま首を横に振る。

「番匠さんは、最近そのホテルへ行きましたか?」

「火曜日の昼前に、呼ばれて。でもそのときはホテルへ行ったかはわかりません」

木谷初太郎が品川駅前でばったり出会ったという二十八日の昼頃の話だった。

「それと、その次の日も、夜に、あらためて、ホテルへ行ったようです」

しげは、つけ足してそう言った。

「二十九日水曜の夜に、番匠さんは、ホテルへ?」

「内装のようすを見に行くようなことを言ってました」

「夜の、何時頃に?」

「さあ、そこまでは。うちで五時頃に夕食をとって、出ていきました」

二十九日水曜の午後、支配人の朔耶道彦は伯爵家のビュイックを借り、進駐軍の将校を訪ね、午後八時頃には車を返した。そこから比良坂ホテルに帰れば、午後九時前後になる。しかし朔耶は、返したその足で横浜へ移動した、と言った。朔耶はホテルで独りで暮らしている。となると、番匠は、朔耶が横浜にいたその夜に、誰もいない比良坂ホテルへ行ったことになる。

同じ水曜から木曜にかけての深夜、ウィリアム・クロフォードとみられるアメリカ人はどこかで射殺された。

それから二日後の、昨日の宵に、番匠が自宅で殺された。

「ホテルの仕事というのは、装飾の美術品や工芸品の調達ですか? 他にもありますか?」

「戦前の話では、消耗品も扱っていたそうです」

「宿泊客が使う消耗品ですか?」

「はい。戦前は、何人もの業者を手配して、装飾品も、消耗品も、レストランの食材も、仕切っていたと。自慢そうに話していました。いい時代だったって」

政義の目が鋭くなった。

「番匠さんは横浜の業者のことを何か言いませんでしたか？　外国人の貿易商とか」

　山内しげは顔を上げた。首を巡らせて、政義を見上げた。涙で潤んだ目が、強い光を帯びて、見つめてくる。

「あの人は、昨日、これからどこへ行くとは言いませんでしたが、玄関を出るときに、横浜は焼けただろう、と言っていました」

「これから横浜へ行くというようすでしたか？」

「それはわかりません。何かを思い出して独り言を言っただけかもしれません」

「横浜の、マーチン商会の名前を、番匠さんから聞いたことはありますか？」

　首を横に振る。黙っていた刑事が口を開いた。

「そろそろよろしいか」

　刑事は不機嫌そうに、

「署に行って、紺屋に、そちらがつかんでいることを、きちんと説明してくださいよ。あんたの質問は、聞いていてもさっぱりだ」

「刑事さん」

　山内しげが政義を見つめている。涙で濡れた瞳に、何か厳しい光が宿っている。

「番匠さんを殺したのは、外国人なんですか？」

「それは、これからの捜査で明らかになることです」

「番匠さんの息子さんは二人ともサイパンで玉砕したんです」

きっ、と鋭い表情になった。

「番匠さんも死んで、この家は人が途絶えた。戦争が終わったのに、まだ殺しに来るんですか？　わたしらは皆殺しにされるの？　刑事さん、戦争は終わっていないんですか」

支離滅裂なことを口走りはじめた。愛宕署の刑事が、

「落ち着きなさい、あんたも英霊の妻でしょうに」

と言うと、顔を両手で覆い、わあっと泣きだし、身を伏せた。

政義は、玄関で待っていた須藤と愛宕署へ戻った。紺屋は刑事課の机で木谷初太郎の調書をまとめていた。

「木谷は留置場に入れてある。現場検証や検死結果がはっきりするまで一応留め置きます」

「それがいいでしょうね」

政義は、内心では、木谷が番匠殺しに関与しているとは思えなかった。たとえ状況証拠があったとしても、番匠が仕事を世話してくれるはずだったという話が本当なら、木谷には番匠を殺す動機がない。紺屋は政義をじろりと見た。

「そもそもおたくらは何を追ってるんです？」

政義は、番匠を訪ねたいきさつを説明した。新宿の焼け跡に白人男性の射殺死体が捨てられていたこと。焼け跡の地主である比良坂侯爵家が戦前経営していた高輪のホテルに、被害者が勤め

ていた横浜の貿易商が出入りしていたかもしれないこと。当時、出入りの貿易商たちを一括して仕切っていたのが番匠で、聞き込みに訪れて死体を発見したこと。

「進駐軍や侯爵家が絡んでいて、上のほうでも思惑があるみたいで。うちの署長は、この件を内密に捜査すると言ってます。署長同士で話をさせて、どこかから横槍が入る前に、先手を打ったほうがいいですよ」

「先手といってもねえ」

紺屋は困ったようにつぶやき、

「まあしかし、渡良瀬さんも要らん苦労をさせられてるみたいだし。うちの署長からそちらの署長に電話を入れてもらいますよ」

立ち上がり、部屋を出ていった。

政義は窓の外を眺めた。ぶ厚かった雨雲が、陽光を含んで灰色に明るんでいる。

「そろそろ止むかな」

須藤を振り返った。

「ズボンは乾いたか？」

「はあ、おおかた」

「走れなくなったなあ」

「は？」

「須藤が傘を捨てて木谷をどんどん追いかけて行っただろ。俺は、引き離されて、走るどころか、おまえの傘をご丁寧に拾って、あとをついていった」

走れなくなったら刑事は駄目だな、と後に続く言葉は、胸の奥でつぶやいた。須藤は、どう返せばいいか、とまどったふうだったが、木谷を確保して褒められたときと同じ屈託のない笑顔を浮かべた。

「俺が走りますから」

「ウイスキーの件で木谷に口を割らせたのも上手かったぞ」

「ありがとうございます。で、この後は？」

七

品川駅から比良坂ホテルへ歩いた。

雨は小降りになってきた。日が傾いて、西の灰色の雲が黄ばんだ鈍い光を放っている。駅の西側は、焼け跡と、焼け残った町並みとが、まだらになっている。家々は鈍い陽光を吸い、妙にくっきりと浮き出して見えた。

須藤は、差した傘の柄に、絞って細長く折り畳んだ自分のシャツを縛りつけていた。

「水曜の夜、朔耶道彦は侯爵邸に車を返した後で横浜へ行った。しかしホテルには、朔耶以外の別の誰かがいて、番匠はその人物に会いに行った、ということですね」

「朔耶がいた可能性もある。横浜の自分の事務所に泊まったと言っていたが、証人がない」

「だったら、朔耶は、侯爵邸から比良坂ホテルに戻り、番匠と会って、横浜へは翌三十日の朝に移動したのかもしれませんね」

須藤は坂の上にあらわれた比良坂ホテルを眺めた。

「番匠は、なぜ殺されたんでしょうか」

「口をふさがれたと考えるべきかな。クロフォードが射殺された夜、番匠はホテルで、何かを見たか」

ホテルの正門前に立ったのは、昨日とほぼ同じ、午後四時頃だった。

門は閉ざされたままだった。通用門を押しても、今日は開かなかった。

「裏門があったな」

煉瓦塀に沿って歩いていった。角を曲がり、塀と民家のあいだの道を進んだ。次の角に近づくと、塀の一部が窪んだところに、鉄の一枚ドアが目立たないようにあった。ドアノブの横に、呼び出しボタンと、小さな鉄の箱が付いている。ボタンを押したが反応はない。箱の蓋を開けてみると、ダイヤル式の錠があった。ドアはホテル関係者専用で、従業員など、ダイヤルの番号を知っている者だけが出入りできるのだろう。政義は適当にダイヤルをいじってみたがドアは開かなかった。

塀に沿って、次の角へ歩いた。ホテルの裏側に面した道へ、先に曲がろうとした須藤が、急に足を止め、塀の角に身を隠した。政義は、須藤の肩越しに、ホテル裏面の煉瓦塀をのぞいてみた。

裏門がある。通用門から、男が一人出てくるところだった。海兵の軍帽と軍服、須藤と同じ艦内靴を履いた若い復員兵で、左右を用心深く見まわすと、傘も持たずに、道を小走りに横切って、道向かいの建物へ駆け込んでいった。政義が呼び出しボタンを押したので驚いて逃げ出したように見えた。

ホテル裏の、道を隔てた一画は、以前は閑静な住宅街だったのだろうが、廃屋と瓦礫が雨に打たれている。焼夷弾で焼かれたというより、一トン爆弾の直撃を受けてその辺りの家屋が吹き飛んだようすだった。

復員兵が入った家屋は、二階建て木造の箱型だが、爆風で斜めに傾いて菱形になっている。瓦がなくなって剝き出しになった板葺き屋根が雨で黒く濡れている。窓硝子も割れ落ち、ぼろぼろの遮光幕が風雨に揺れていた。

「捕まえましょう。渡良瀬さんは、この道をゆっくりと歩いていってください」

須藤は、道を渡り、瓦礫の陰を走り、菱形の家屋の裏手へとまわっていく。

政義は、煉瓦塀に沿って歩いていくと、裏門の前で立ち止まった。アールヌーヴォー調の鉄の門扉越しにホテル内をのぞきこんだ。

門扉の先に、ホテルの建物の裏手が見える。昨日朔耶が開けてくれた、従業員用のドアがある。

その脇の、部屋の曇り硝子窓は、今日は暗かった。

「動くな」

須藤の怒鳴る声が背後で響いた。政義は、きびすを返し、斜めに傾いだ建物の玄関に駆け込んだ。

「こっちです」

薄暗い廊下の突き当りのドアが開いている。ホテル裏の道に面した部屋だった。

政義は靴のまま、廊下と部屋の境に立った。

板の間に、鉄パイプの二段ベッド。小卓と椅子。破れた遮光幕の垂れ下がる窓際に、さっきの復員兵が立ち、須藤が身構えて対峙していた。政義は身分証を示した。

「逃げられんぞ」

若い復員兵は、痩せて、髭だらけの顔で、軍服も汚れている。ぎらぎらした目で須藤と政義を交互に睨み、ふう、と獣じみた息を吐き、ベッドの下段に腰を落とした。

「逃げませんよ」

諦めたように、だが反撥する声で言った。須藤は、

「海軍か。俺もそうだ。そんなに身構えるな」

と自分の艦内靴を上げてみせた。

「俺は横須賀にいた。回天の搭乗員だった。貴様は？」

「私も横須賀です。整備兵でした」

「終戦で現地除隊だな。どうしてここにいるんだ?」

復員兵は警戒する色を目に浮かべ、

「終戦後も、残留要員として横須賀で残務処理をしていました。築地の海軍経理学校に移動するというので、その前に脱け出して、浅草の家に帰りました。しかし、帰ってみると」

言葉が途切れた。須藤はうなずいた。

「帰ってみると、焼け跡だけが広がっていた。俺は深川だ。同じだよ。それで、どうした?」

「それで、上野駅の地下道で寝起きして、家族を捜しましたが、見つからないので、流れ歩いて。日銭を稼ぎながら、夜はここへ入り込んで寝るようになりました」

「この建物は何だ?」

「比良坂ホテルの従業員寮でした。私は、召集前は、ホテルのボーイで、ここに住み込んでいました」

復員兵はうなだれた。目の色が弱くなり、空腹と疲労が顔ににじみでている。床には、空き瓶や、丸めた新聞紙、折れた箸が捨ててあり、食べカスの饐えた臭いがした。

政義の視線は汚れた室内をひと回りして復員兵に留まった。

「名前は?」

「岩波です」

「君がここで寝泊まりしているのを、朔耶さんは知っているのか?」

「いいえ。バレたら追い払われます。暗くなってから、こっそりと寝に来ます」

「いつから?」

「一週間ぐらい前から」

政義と須藤は顔を見合わせた。政義は近づいて岩波を見下ろした。

「さっきみたいに、朔耶さんがいないのを見計らって、ホテルにも入り込んでいるのか?」

「いいえ、さっきが初めてです。入ってすぐに、呼び出しベルが鳴ったので出てきました」

「食べ物やお金を探しに?」

「違います」

怒った顔を上げた。

「だったら何をしに?」

「気になったから」

岩波はまたうなだれた。

「何が気になったんだ?」

黙秘している。須藤が岩波の肩にそっと触れた。

「岩波、悪いようにはしない。俺たちに協力してくれ。貴様だって、行き場をなくして、途方に暮れて、ここに流れ着いただけなんだろう?」

岩波は、はあ、と微かにうなずき、須藤と政義の顔を順に見た。

「刑事さんたちは、事件の手掛かりを探しているんでしょう?」

政義は慎重な顔つきになった。

「事件というと?」

「銃声が聞こえた件ですよね、ホテルから」

政義は、また須藤と目を交わし、

「知っていることを、教えてくれないか」と促した。

岩波は反撥する気力が失せたのか、腰掛けているベッドの床に手をついて体を支えた。

「いつものようにここで寝てたんです。それで、夜中に、目を覚ましました。車の音がしたので」

「いつの夜だ?」

「雨の降る前でした。三日前かな」

「二十九日水曜から三十日木曜にかけての深夜だな」

「今日は何日ですか?」

「九月一日土曜だ」

岩波は頭のなかで計算し、

「そうです。その夜です。こんな夜中に何だろうと思って、外をのぞきました」

遮光幕の垂れ下がった窓を目で示した。

「タクシーが一台、ホテルの裏門につけていました。助手席から小柄な老人が降りて、後ろのドアを開けて、もう一人の老人を助け降ろしました。後ろに乗っていた老人は、比良坂侯爵でした。先に降りた小柄な男は、侯爵家の執事の、えっと」

「立原？」

「そうです、立原さん。侯爵は、立原さんと一緒に、裏門の通用門から中へ入っていきました。タクシーは道を戻って行きました」

「そんな夜中に侯爵が？」

「見間違えることはありません。ホテルの持ち主ですし、戦前はよくおいでになっていましたから。タクシーのライトに照らされたお姿に、お年を召されたなあ、と。白手袋を嵌めて、ステッキをついて、足取りがおぼつかない。ご病気なのかと思いました。私は、もう一度寝ようとして横になり、しばらくしたら」

天井を仰ぎ見、

「銃声がしたんです。ホテルのほうから」

口のなかで、小さく、パン、パン、とつぶやき、思い出そうとする顔になる。

「三発だったように思います。いまのは銃声だ、と耳を澄ませていると、また、二発」

合計五発。

焼け跡の発見現場で監察医が死体を調べたとき、弾傷は二か所あった。もし、ホテル内で射殺されたのなら、実際の殺害現場の壁や床に弾痕が残っている可能性がある。そこに残っている弾と、米軍憲兵隊が死体から取り出した弾が、同じ銃から撃たれた物だと確かめられれば。

「それで、またこの窓からのぞいていました。侯爵が撃たれたのなら、助けに行かなけりゃ、と考えましたが、状況がわからないし。自分が撃たれたくはないし。しばらくして、タクシーが来ました。さっきと同じタクシーかはわかりませんが。立原さんと侯爵が通用門から出て来て、侯爵だけが乗り込んで、タクシーは戻っていきました。立原さんは後に残って、通用門からホテルに戻っていきました。その後、変化がないので、私はまた横になりました。何があったかはわからないけれど、二人とも怪我もしていないようなので、まあいいか、という気持ちでした。ところが、またしばらくして」

岩波は眉根を寄せた。

「うとうとしはじめたところに、また、車の音がしたんです。車は、裏門の前ではなくて、この建物の玄関先に乗り入れて止まりました。私は飛び起きて気配をうかがいました。この部屋を出て、廊下の窓越しに、玄関先の空き地を見ると、黒い車が一台止まっています。侯爵家のビュイックかな、と見ていると、運転席から、弘毅様が降りてきました。道を渡って、通用門からホテルへ入っていきます。しばらくして、立原さんと二人で出てきて、ビュイックのほうへ戻ってきました。話し声が聞こえました。弘毅様は、この寮に運んで寮ごと焼いてしまおう、と言いました。立原さんは、近すぎます、と反対します。二人はいったんビュイックに乗り込みましたが、また降りて、通用門へ戻っていきました。私は、二人がこの寮のことを言っていたので、用心して裏へ出て、駅のほうへ逃れました」

「その後どうなったのかは？」

「知りません。私はしばらくのあいだどこか他所の土地へ移るつもりでした。けれど、次の日から雨で、野宿もできなくて。ここのようすを見に来たら、焼けもしないであったので、元通り、ねぐらにしていました」

　話し疲れたのか、ぐったりして黙り込んだ。須藤は、ねぎらうようにうなずいた。

「有力な情報だ。ありがとう。ところで、日銭を稼ぐって、何をするんだ？」

「闇市の運び屋をしたり、瓦礫の撤去を手伝ったり。金になることなら何でもします」

「いま話してくれたことを、いずれあらためて証言してほしい。俺は、須藤だ。淀橋署に訪ねてきてくれないか」

　はあ、とためらう顔になる。

「岩波も、こんな生活を続けていられないだろう。同じ海軍の釜の飯を食った同士だ、仕事の相談にも乗るから」

「そうですか、お願いできるなら」

　岩波の表情がほころんだ。政義は言った。

「さっき、ホテルに入ったのは、気になったから、と言ったな。何が気になった？」

「それは」

と口ごもる。

「あの夜、銃声がしたとき、ホテルで何が起きていたのか。そのことだな？　後から思い返して、どうしても気になった。入ってみて、何かわかったか？」

言うのをためらっている。自分が不法侵入の罪に問われるのを怖れ、事件に巻き込まれるのを警戒しているのだろう。

「私らが見つけたことにする。一緒にホテルに入って、そこへ案内してくれないか」

「でも、支配人が帰ってきたら」

「大丈夫だ。君は警察の協力者だから。私が責任を持つ」

須藤がつけ加えた。

「ここを出て、俺と来いよ。俺が世話になっている下宿に、岩波も来ればいい」

岩波は、はあ、と迷いながらも、ゆっくり立ち上がった。

八

小雨が遠慮がちに傘を打つ。夕暮れどきで、空気は肌色がかった光を孕んでいる。

従業員専用口のドアは、昨日は朔耶が内から開けたので気に留めなかったが、壁に、ダイヤル錠の小箱が設置されていた。岩波は手慣れたようすで小箱の蓋を開けた。

「その番号は、従業員は皆知っているのか?」

「そうです。あっちの、外塀にも、従業員用のドアがあって、ここと同じ番号です」

「従業員以外には? 出入りの業者なんかも、番号を知っていた?」

「はい。商品搬入の業者は知っていました」

「君は、業者の番匠を知っているか?」

岩波は手を止めて、政義を見る。

「番匠さん? ええ、顔は」

「横浜のマーチン商会は?」

「マーチンですか? 知りませんね」

「ウィリアム・クロフォードというアメリカ人は?」

「それも業者ですか? 常連客のなかにも、そんな名前の方はいませんでした」

岩波は番号を合わせ、二人を導いた。

通路へ入ってすぐの部屋を通り抜ける。そこは、昨日朔耶と話した従業員の控室だった。ドアを開けて、次の部屋を横切る。事務机が並び、壁に、書類棚と金庫が置かれている。またドアを開けて、次の部屋へ。

「ここです」

応接室だった。緑色の厚い絨毯に、革張りのソファーセット。壁に、漁村ののどかな眺望を描いた油彩画。来客用ではあるが、簡素な装飾だった。業者と商談するための応接室のようだ。岩波は、ソファーの一人掛けの椅子が二脚並んだ後ろへ回り、絨毯を指さした。

「これ、どう思いますか？」

政義と須藤は絨毯を見た。椅子の周りの絨毯の毛が、黒っぽく変色している。触ると湿っていた。

「岩波君、電灯を点けてくれ」

明かりの下で見ると、何かで汚れた箇所を、モップか雑巾で洗い拭きをしたらしい。洗ったのはこの数日以内だと思われる。須藤は鼻を寄せた。

「石鹸か洗剤の匂いがします」

椅子を調べた。背もたれの革にも、汚れた部分を拭いた跡と見える染みがあった。

二人は室内を調べはじめた。

「渡良瀬さん、ここ」

須藤が、椅子の背後の壁を指した。疵がある。胸の高さのところに、親指が入るほどの穴があいている。木板に漆喰を塗った壁で、穴は、ぎざぎざに彫られて広げられていた。壁にあいた小さな穴を、刃物で彫り広げて、穴の奥に入った物を取り出した跡だと見える。彫り疵は新しい。

漆喰を詰めて穴を隠す時間的な余裕がなかったのだろう。

「これで三発ですね」

壁や天井を調べたが、他に疵は見当たらなかった。

三発、しばらくして、また二発。岩波はそう言った。この部屋が射殺の現場であるなら、死体に二発撃ち込まれ、そのうちの一発は体を貫通しており、たぶんその貫通弾とは別に、壁に一発。あと、まだ二発が発射されたはずだった。

政義は、入ってきたのとは別の壁にあるドアを開けた。明かりが伸びて、通路を挟んだ壁が白く浮かぶ。通路に出てみると、左手は、政義たちが入ってきた従業員の通用口、右手は、宿泊客用の広いロビーが薄暗がりに沈んでいる。

銃が撃たれたとき、このドアが開いていて、通路に向けて発射されたのなら、残りの二発は通路の壁に埋まっていそうだった。政義と須藤は通路を調べた。明かりの射す範囲には、疵はなかった。政義は応接室に声を掛けた。

「通路とロビーの電灯を点けてもらえないか」

従業員通用口のドアが開き、

「何をしているんだ」

男の声が飛んだ。背広姿の朔耶道彦が、後ろ手でドアをばたんと閉めた。険しい顔で通路をやってくる。雛人形の男雛のような顔が怒りで青白くひきつっているのは、かえって凄みがある。

「刑事さん、どういうことですか」

政義は向き直った。

「例の件で、またお邪魔しました。勝手に入り込んで失礼します」

「いったい、どうやって入ったのですか。鍵が掛かっていたはずだ」

政義は応接室を見た。岩波の姿は消えていた。政義は朔耶に向いた。

「それよりも、ここへ来て、おたずねしたいことが増えました」

応接室へ戻り、絨毯のそばに立った。

「朔耶さん、この汚れは、どうしましたか?」

朔耶はあとについてきて、絨毯を見下ろした。蒼白な厳しい顔が、じろりと政義を見た。かたくなな目の色だった。

「これがどうかしましたか。ウイスキーの瓶を落として、中身をこぼしてしまった」

「ここでお酒を?」

「ああ」

「来客があった?」

「いいや。一人で。寝酒だよ」

「寝室ではなく?」

「そうだよ。だから何だというんですか」

政義は壁際へ歩いた。

「この疵は？」

朔耶は、視線を壁の穴に走らせて黙っている。

「絨毯の汚れも壁の疵も、最近のものですが、いつのことですか？」

朔耶は答えない。

「あらためてお訊きします。あなたは、二十九日の夜、伯爵家にビュイックを返した足で横浜へ行ったとおっしゃった。ですが、実際は、ここへ帰ってきたのではないのですか？」

「横浜へ行ったよ」

「業者の番匠さんが、その日の夜に、ここへ来たという証言があります。あなたがいなかったのなら、他に誰がここにいましたか？」

朔耶は上唇を舐めて、

「番匠が？　私は横浜の事務所にいた。番匠がおかしなことを言っているんだ。やつにちゃんと確かめてみればいい」

「番匠さんは今日自宅で死んでいるのが発見されました」

朔耶は、えっ、と口を開き、固まってしまった。

「加えてお訊きしますが、朔耶さんは、昨日の夜、どこにいましたか？」

切れ長の目が、ぎゅっと細くなった。凄みのある光が宿った。お公家様とも思えない兇悪なまなざしだった。

「刑事さん、ここへは勝手に鍵を開けて入った？　捜査令状は？」

「ありません」

「不法侵入だ」

「お訊きしたことに答えてください」

「違法な捜査に協力はしない。出ていきたまえ」

「死者が連続しています」

「関係ない。君にはもう何も答えない」

「それは賢明なやりかたではありません」

「弁護士を呼ぶ。話はその後だ。さあ、出ていきなさい、いますぐ」

公家の権威を取り戻そうというのか、昂然と顔を上げ、ドアを指さした。口を堅く引き結んでいる。政義は、須藤にうなずいて、建物を出た。

通用門を出て、傾いた従業員寮に戻った。岩波はいなかった。朔耶を怖れてホテルを脱け出し、そのままどこかへ雲隠れしてしまったようだった。

九

淀橋署に戻ると七時を回っていた。刑事課の政義の椅子で、羽刈が待っていた。

「お疲れさんでした」

政義に席をあけ、自分は須藤と並んで丸椅子に座りなおした。

羽刈は、前髪が雨と汗で額に貼りつき、無精髭は朝より更に伸び、背広はよれよれになっている。表情も疲れて冴えなかった。ウィリアム・クロフォードの足取りを追って横浜へ行くと言っていたが、その結果を報告するよりも、

「どうでしたか？」

政義たちの捜査結果を先に訊いてきた。番匠の死体、木谷の確保、岩波の目撃談、比良坂ホテルの応接室の件を説明した。須藤は自信ありげな表情だった。

「これではっきりしましたね。あの夜、比良坂侯爵が、執事の立原をつれてホテルへ行き、応接室でクロフォードを射殺した。立原は、侯爵をタクシーで帰し、その後、比良坂弘毅がビュイックでホテルに来て、立原と一緒に、死体を車で運び、新宿の焼け跡に捨てた。朔耶道彦は、その夜ホテルに居合わせたかどうかは不明ですが、後から絨毯の血痕や壁の銃弾を始末して射殺現場の証拠を隠蔽した」

「番匠の関わり方は？」

と羽刈が訊くと、

「番匠は、たまたま殺害現場に居合わせたせいで、口封じのために殺された。誰が殺ったかはわかりませんが」

須藤は自分の説を反芻する顔になり、うなずいて、

「侯爵を逮捕しますか」

と政義を見た。政義は苦笑した。須藤は海軍のよしみで侯爵家贔屓だったのではなかったかとおかしかった。須藤は、苦笑の意味を察したらしく、

「ここまで状況証拠が揃えば仕方がありません。残念ですが」

言い訳するふうに言った。

「須藤が宗旨替えしたのももっともだが、逮捕は無理だ」

「どうしてですか？　これだけ揃っていれば、尋問で自白に持ち込めますよ」

「射殺された夜に、クロフォードが、比良坂ホテルにいた証拠がない。更に言うと、戦前戦後を通じて、クロフォードが侯爵側の人間と接触したという情報も、まったくないままだ。被害者と侯爵家の接点は確認されていないんだ。大阪で解放された捕虜、クロフォードが、焼け跡で発見された死体と同じ人物である確認も、まだ取れていない。まあ、その前提で捜査を進めてはいるが」

羽刈を向いた。

「大阪から確認の電話は？」

「まだ来ません。返事の電話は早くても明日になるでしょうね」

「いまはまだ状況証拠だけだ。明日、鑑識を連れてホテルに乗り込もう」

羽刈が申し訳なさそうに言った。

「今日は成果がありませんでした」

「横浜へ？」

「はい。クロフォードが働いていたマーチン商会の一帯は、空襲で焼け野原になっていました。近所で聞き込みをするといっても、雨が降る焼け跡には、露店ひとつ出ていなくて」

今日は手帳を取り出しもしない。

「所轄署を訪ねても、特高課は無人のありさまでした。こっちに戻って、死体のあった周辺も地取りをしてまわったんですが。一日を棒に振ってしまいました」

「ご苦労さん。明日は雨も上がって、人の出もあるだろうから、聞き込みも進むだろう」

政義はねぎらい、

「調べることは二つある。ひとつは、侯爵たちの行動だ。射殺事件の夜、それと、番匠が殺された昨夜、どこで何をしていたのか。岩波の証言を裏付けるために、状況証拠をもっと集めよう。もうひとつは、クロフォードの足取りだ。比良坂ホテルに行ったか確かめたい。侯爵家との接点が見つかれば、突破口も見つかる。明日は」

須藤に目を留め、ふと言葉を切った。須藤が昨夜、米軍憲兵に、行方不明になった家族を探したいと楯突いたのを思い出した。明日は日曜だ。

「須藤は、明日は休め。復職していきなりの捜査で疲れただろう」

須藤は驚いて政義を見、羽刈を見た。

「いいんですか。でも、羽刈さんは？　休まなくていいんですか」

「俺か。うん、まあ、用事がないこともないが。急ぐことは、特には」

うっすらと笑い、言葉を濁した感じがあった。須藤は問いを重ねた。

「羽刈さんのご家族は？」

「信州に疎開したままなんだ。迎えに行かなきゃいけないが、東京は、いまは物騒だから。空襲とは別の意味で、危ないからな。まあ、この事案が片付いたら」

目に淋しそうな陰がさした。急に、落ち込んだ顔になり、うつむいた。背を丸め、床を見つめて黙り込んだ。鼻をすすった。涙が床にぽたぽたと落ちた。肩が震えた。泣いている。政義と須藤は驚いて顔を見合わせた。

「すいません」

羽刈は小声で言った。

「今日は焼け跡で、孤児たちを見ました」

「ゴン太たちか」

「はい。親も、身寄りも失くして、健気にやってるけど、あの子らはこの先どうやって生きていくのかと。子供には残酷な時代です」

くしゃくしゃになったハンカチを取り出して顔を拭く。

「家族を守らなきゃ。私が生き抜かなくちゃ駄目ですね。妻と子を生かすために、先ず自分が生きないと」

かつて特高課にいたことで、報復され、縛り首にされるかもしれない。そんなことになれば妻子は路頭に迷い飢え死にする。恐怖が羽刈を追い立てているのだと気づいた。羽刈は、へへ、と照れくさそうに気弱に笑い、

「いてて、胃が痛くなった」

ポケットから薬の袋を出した。須藤が湯呑茶碗に水を汲んできた。政義は言った。

「羽刈君も、明日は一日静養するか」

「いえ、私は、捜査をしているほうが」

刑事課の戸が開いて、誰かがのぞきこんだ。

「お、居た」

上尾署長だった。濡れた傘を畳んで手にしたまま、政義を見つけて、入ってきた。

「話がある」

暗い顔で、機嫌が悪い。

「署長室へ行きましょうか？」

上尾は三人を見わたし、

「皆が揃っているから、ここで伝えておこう」

須藤が丸椅子を譲った。上尾は座り、傘を杖のように床につき、両手で柄を握った。

「MPの呼び出しを受けて、行ってきた」

「エム？」

「ミリタリィ・ポリス。米軍憲兵隊の司令部が、丸の内の、帝国生命のビルを接収している。この雨のなかを、呼びつけられた。で、君らにも、MPの中尉の言葉通りに伝えると」

不機嫌な目を政義に向ける。

「本日、比良坂ホテル内に不法に侵入し、違法捜査を行なった警察官がいる。今後、比良坂ホテル及びその関係先への、予断に基づく違法捜査を禁ずる」

須藤が憤りの色を目に浮かべた。

「何を言ってるんですか。そんなのは、政治権力の介入、捜査妨害です」

「連合国軍の指導、と言え」

「進駐軍がなぜ比良坂ホテルに気を遣うんです？　侯爵の意向ですよ。裏でつながってる」

「口を慎め」

政義は上尾に言った。

「状況証拠を検討すると、事件の核心は、比良坂ホテルにあるといえます。鑑識を入れたいんです」

「無理だな」

「侯爵家の捜査を止められたら、真相には行きつけません」

「他にも怪しいやつはいるだろう。愛宕署の署長とも電話で話したが、番匠殺しで、逃げた男を須藤が捕まえたそうじゃないか。男を叩いてみろ。須藤の初金星になるかもしれん」

上尾は立ち上がり、

「まあ、あと二日だ。捜査は、きりのいいところまででいい。報告書を出せ」

これ以上の議論は不要という顔で部屋を出ていった。

三人は無言でお互いの顔を見た。しらけた空気が流れていた。羽刈が肩をすくめた。

「明日は、皆で、休みますか？」

登美子と浜松へ行こうかという考えが、ちらと浮かんだ。この事案については、初めから、ざらざらした違和感が気持ちの底にある。政義は首を振った。

「いや。俺は続けるよ。君らは休んでくれ」

汚れた壁を睨んだ。

「ホテルが駄目なら、俺は、羽刈君とは別のやり方で、クロフォードの足取りを追ってみる。

そっちのほうから回り道をしてでも侯爵家へ辿りつけるかもしれない。横浜の、マーチン商会の関係者も探してみよう」

「渡良瀬さんが横浜へ?」

「そうするつもりだ」

「では、私は、今日の午後の続きを。範囲を新宿駅周辺に広げて、私服の白人男性の目撃情報を探してみます」

須藤が言った。

「俺も行きます」

「須藤は自分の用事を済ませろ」

「俺が捕まえたせいで、あの木谷という男が濡れ衣を着せられたんじゃ、たまりません」

政義は、須藤に、隠してあった衣装戸棚から写真を持って来させた。二人を退勤させてから、写真をあらためて確かめた。

写真には、げっそりと痩せた俘虜の、死の陰影ばかりが濃く写っている。ウィリアム・クロフォード、三十四歳。虚ろな瞳で空を睨み上げる死体が、ウィルさんに似ていた。確かに、おもかげはある。しかし、十五年ほど前に会った若者の生き生きとした風貌と、捕虜になり人相も変わっただろう三十代半ばの男の死相とは、政義のなかで、ぴったりと重ならない。間違いなくウィルさんだと断言できる自信はなかった。

十

署を出たのは九時過ぎだった。雨は小降りになっていた。家のそばまで来ると、同じ隣組の家の老主人が、縁側に出て煙草を吸っていた。煙草の赤い火を認めて、垣根越しに目が合った。

「こんばんは」

挨拶をして通り過ぎようとすると、

「渡良瀬さん」

と呼び止められた。

「昼に、若い復員兵に道を訊かれてね。あんたの家はどこかって」

「復員兵ですか」

鼓動が高くなった。

「わしがここで雨のようすを見ておったら、ちょうどあんたが立ってる、そこから、顔を出して訊くんだ。三軒先の家だと教えたら、渡良瀬さんのお宅のご職業は何ですか、だってさ。警察官だよ、と言ったら、礼を言って歩いていった」

「そうでしたか。ありがとうございました」

俊則のことで何かの知らせを持ってきたのではないかと、急いで帰ろうとすると、

「気をつけなさいよ」

追いかけるように声が掛かる。

「何をですか？」

「この頃、寸借詐欺が流行ってるそうじゃないか。復員兵が訪ねてきて、まだ還らない家族のことを、同じ部隊だったとか、戦地で一緒だったとか、いろいろ言って、金をせびるっていう。言うことは全部、でまかせだそうだ。気をつけろって言っても、あんたは刑事さんだから言わずもがなだがね」

政義は泥水を撥ね上げて自宅へ帰った。

登美子は政義の食膳を用意して待っていた。政義は浴衣に着替えて膳についた。麦飯と、茄子の煮びたしだった。

「今日、俊則の戦友だという方が訪ねてきたの」

登美子が静かな口調でうれしそうに言った。

「そうか、それで？」

「浜松で一緒だったんですって。俊則は、九州のどこかの基地へ移動したそうなの」

「九州の、どこだろう？」

「そこまでは知らないって。その方は、俊則の後で移動する予定だったのが、空襲で戦闘機が破壊されて、機体の数が足りないから浜松で待機しているうちに終戦になったそうよ」

俊則ももう少し遅く出撃する予定だったら、と考えると、気持ちが重くふさがってくる。

「俊則のことは、他には？」

「それだけ。浜松で一緒だったとき、お互いの家のことをよく話したので、うちの住所を聞かされていたそうよ」

「それで来てくれたのか。親切な人だな」

登美子の横顔は穏やかだった。

「それとね、俊則は、自分の父は警察官だ、と自慢していたって。お国のために、銃後を守ってくれている、尊敬しているって」

「それで、その、戦友は？」

「これから郷里の青森まで帰るんですって。汽車代がないって言うから、少し包んで持たせてやりました」

「そうか、それは、無事に帰り着けたらいいな」

戦友と称する男の言ったことは、でまかせだったのだろうかと考えた。浜松で俊則と一緒だったのは本当かもしれない。うちの住所を知っていて訪ねてきたのだから。だとしたら、俊則が九州方面に移動したというのも、事実かもしれなかった。九州のどこかの基地から特攻機で飛び立ち、公報通りに玉砕したのか、それとも、捕虜になっているのか。

米軍の捕虜の名簿というものを見たかった。

生きて捕虜の辱めを受けてはいけないという日本軍の鉄則を思い浮かべた。俊則が、恥をかいても生きてりゃいいんだと柔軟に考えるほど、すれっからしの大人であるかといえば、とてもそうとは思えない。それでも、自決しようとしてもできないほど負傷し、捕虜になって、解放されるのを待っているかもしれない。

政義は箸を動かした。

捕虜になって生きる延びる。ウィリアム・クロフォードがそうだった。

それなのに。

焼け跡の瓦礫の山が、まぶたに浮かぶ。薄暗い袋小路に、死体が横たわっている。

政義は小さく首を振り、茄子の煮びたしに集中した。

第四章　九月二日 日曜日

一

日曜の朝。曇り空を、ひっきりなしにグラマン機の小編隊が飛んでいる。

いま頃は、東京湾のミズーリ号の艦上で、降伏文書の調印が行なわれているのだ。

政義は、横浜駅から、須藤と歩いていた。

焼け跡に、闇市。腹をすかせた顔。ジープの砂埃。横浜も、東京と同じ風景だった。

「昨日、今日、明日。どうして三日間なのか、わかりましたよ」

須藤がグラマン機の音を追って空を眺めた。

「米軍憲兵が、三日間で結果を出せと言ったことか?」

「ええ。今日、正式に占領が決まる。明日は、行政の移行期間。それで、明後日からは、進駐軍が本格的に活動を始める。そういうことですよね」

「三日間の期限は、あちらさんの段取りに合わせたのか」

「明日、警察も解散させられるんでしょうか」

道路に米兵の歩哨が立っている。マッカーサー元帥は、今朝はミズーリ号にいるのだろうが、日本到着以来横浜のどこかのホテルに滞在していた。街の警備も厳しいようすだ。

羽刈の昨日の話から、何もないマーチン商会の焼け跡よりも、所轄の特高課のほうが記録が残っているだろうと考えた。

加賀町警察署は、焼け野原になった中華街の東側にあった。特高課にはやはり人がいなかった。刑事課でたずねると、立ってきた初老の警部補が険のある表情で教えた。

「特高の連中は雲隠れしてるよ。日本が降伏文書に調印したとたん、弾圧されてたやつらが押しかけてきて、特高の刑事を吊るすんじゃないかって、噂が流れてるから」

政義は刑事課の室内を見わたした。刑事が二、三人しかいない。日曜だから休んでいるのか、特高課襲撃に巻き込まれるのを避けたのか、がらんとしていて、開店休業といった雰囲気だった。

「山下町にあったマーチン商会について調べたいのですが。特高課に資料は残っていないでしょうか」

「資料は裏庭で焼いてたよ。特に、戦勝国民に関する戦時中の調書は、一切合切、焼却したんじゃないかな」

警部補は気の毒そうに言った。

「マーチン商会自体が、空襲で焼けて、何も残ってないから。店舗は小さいが、堅実な商売をしていたんだがねえ」

「その店をご存知でしたか？」

「雑貨や食品の店頭販売をしていたね。陶器の皿を買ったことがある。良い品を揃えていたねえ」

「東京のホテルと取引きをしていたかどうか、知りませんか」

「さあねえ。工芸品、雑貨、食糧品、と手広くやってたから、ホテルの仕入れも請け負っていたかもしれんな」

思い出したという顔で言った。

「トム。トム・マーチン」

「経営者の名前ですか？」

うなずき、

「アメリカ人でね。日本人の若い女性が店にいたが。奥さんだったんじゃないかな」

「トム・マーチンは、戦争が始まる前にアメリカへ帰国したんでしょうか？」

警部補は厳しい顔になった。

「真珠湾攻撃の直後、憲兵か特高に連れていかれたんじゃなかったかな。横浜に残っていた敵性国民は皆」

「どこへ連れていったんです？　収容所送りですか？」

「おそらく。外国人の抑留所があってね。初めの頃は、根岸のほうだったか。戦中に、別の場所へ移されて」

警部補は、言葉を切り、

「そうだ、竹中さんだ、彼なら詳しい。ちょっと待ってて」

部屋の奥へ歩いてドアから出ていった。しばらくしてドアが開き、警部補が手招きした。

「こちらへ」

先導しながら、

「用務員の竹中は、もとは特高課の刑事だ。当時、憲兵隊の補助で、外国人の収容に関わっていた。戦時中、抑留所が横浜からどこか別の場所へ移る際に、護送の手伝いに動員されて、そのまま移送先で、現地徴用っていうのか、抑留所の警備に就くように言われて、帰ってこれなかったんだ。終戦で、用務員として再就職してここへ戻ってきたわけでね」

建物の裏口に署員の出入口があり、その脇に用務員室があった。小柄な五十年配の男が、政義と須藤を畳の間に通し、座布団を出した。

「竹中です。どうぞ、足を崩して」

自分の座布団を置いて、胡坐をかいた。禿頭、赤ら顔で、眉が太く、二人を見る目に警戒心があふれている。

マーチン商会のトム・マーチンについて訊きに来たのだと言うと、竹中は眉をひそめた。

「警部補は私が特高課にいたと教えたのかね。困るなあ」

「実は、ウィリアム・クロフォードというアメリカ人の足取りを追っていまして」

「聞いたことのない名前だな。横浜で抑留された者じゃないな」

「大阪の捕虜収容所にいたB二九の搭乗員です。先月二十二日水曜に、横浜へ来たらしいのです。戦前、マーチン商会で働いていたので、そこを訪ねた可能性があります」

竹中は、クロフォード、クロフォード、とつぶやき、

「店員は何人かいたけど、日本とアメリカのあいだがキナ臭くなった頃には、皆アメリカへ引き揚げたよ」

「トム・マーチンは戦時中どうなったんですか？」

「横浜に残っていたアメリカ人で、十八歳以上の男は、真珠湾攻撃の日、一斉に外国人抑留所へ収容されたよ。もちろんマーチンも。抑留所は根岸にあったんだ」

一方の壁を指さした。根岸の方角だろう。

「一年半ほど経って、箱根のほうへ移転した。箱根っていっても、足柄山のふもとだ。北足柄の田舎に。最初は百人近くいたのが、いろいろあって、終戦の頃には半分に減ってたよ。マーチンは最後までいたねえ」

「いまも生きているんですか」

「ああ。抑留所で生き抜いた」

「奥さんも一緒に？」

「あそこは男だけだ。だいいち、マーチンの嫁さんは日本人だった。よく店番をしていてね。若くて、かわいい人だった。マーチンとはひと回り以上は離れてた。東京の、女学校の英語の先生だったのを、マーチンに見染められたって聞いたよ」

「名前はわかりますか？」

「エイコ。エイコ・マーチン。でも、別れたんじゃなかったかな。マーチンが収容される前か、後か、よく知らんが」

「離婚して実家へ帰ったんですか」

「さあ、知らんね、日本人の消息は」

「結婚前の姓は？」

「知らんねえ」

竹中は、手巻きの煙草に火を点けて一服した。

「その、クロフォードは、二十二日の水曜に横浜へ来た、と言ってたな？」

「はい」

「それならマーチンには会ってないよ」

「どうしてわかりますか」

「その頃マーチンはまだ北足柄の抑留所にいたから」

視線を畳に落とし、

「終戦の詔があっただろ。私は、その二日後には抑留所を離れたんだ。抑留されてたアメリカ人も、大半は出ていった。マーチンは体調を崩していてね。医者が、十日ほど養生すれば回復するからここで寝てろ、と言うんで、そうするって、部屋で寝てたね。私は、自分が離れる日に挨拶に行ったんだ。まあ、彼とは、ある意味、長いつきあいだから」

終戦の詔があった八月十五日から十日間。つまり八月二十五日頃までは、トム・マーチンは、北足柄の抑留所に伏せっていて、他所へは出ていかなかった。クロフォードが横浜でマーチン商会を訪ねたのが二十二日だとすると、その三日後にならないとトム・マーチンは帰って来なかったことになる。クロフォードが二十五日過ぎまで横浜にいれば会えたかもしれない。クロフォードらしき男は二十八日に、新宿の城野の闇市で目撃されている。横浜から東京へいつ移ったのかわからないが、トム・マーチンと会えたかどうかは、微妙なところだと思えた。

「トム・マーチンが何日まで抑留所にいたのか、正確な日付けは、確かめられないでしょうか?」

「抑留所に電話すればね。まだ所員が誰か残っておればね」

「お願いします」

「私が電話を?」

嫌そうな顔になる。腰を上げ、出ていった。

十分ほどで戻ってきた。座布団に胡坐をかき、また一本点けた。

「二十七日の月曜の朝に、抑留所を出たそうだ。二十五、二十六日は土曜、日曜だから、横浜に戻って体調が悪くなっても病院が閉まってるだろうから、と大事を取ったそうだ」

「十日間以上養生しても回復していなかったんですか」

「内臓がね。腎臓がやられてるらしくて。ありゃあ、もう、長くはないだろう」

トム・マーチンは早くて二十七日の午後に横浜の焼け跡に立った。クロフォードらしき男は二十八日の昼には新宿にいた。会った可能性は、これでますます低くなった。

「ありがとうございます。これからマーチン商会の跡へ行ってみます。トム・マーチンに会えるかもしれません」

「気をつけなよ」

竹中の目は厳しかった。

「トム・マーチンに、先に帰ると挨拶したとき、横浜へ戻ったら商売を再開するのか、と訊いてみた。そしたら、あの男、復讐する、って言うんだよ」

「復讐?」

「そうなんだ。復讐だってさ。店も、人生も奪ったやつらに、復讐するんだって。体は弱ってるのに、目の光は、きつくて。ぞっとしたよ、あの緑の瞳で見つめられると」

「店も人生も奪ったやつら、とは?」

「訊けなかったよ。私だって含まれてるかもしれんのに。私が言うのもあれだが、彼は、何もかも失って、そりゃあ酷い目にあわされてきたんだ。マーチンに会ったら、気をつけな。日本人すべてを恨んでるかもわからんから」

二

横浜市街地の焼け跡に、クラリネットの音が流れている。

マーチン商会があった住所だった。

復員兵姿の男が、道端でクラリネットを吹いている。曲は『ダイナ』。速いテンポで、賑やかな、明るい調子だった。道行く人が足を停めて聴き入っている。政義と須藤も人垣の後ろで聴いていた。

ここだ。政義は内心でうなずいていた。

子供だった俊則をつれて、ウィルさんが働く雑貨商の店を訪れた。俊則がウィルさんにおんぶされて帰宅した日から半月ほど後の晴れた日だった。いまは焼け野原だが、あのとき駅から歩いた方角や道のり、曲がり角、道路、と記憶に残っている。この場所にあった三階建ての商店が、まぶたによみがえっていた。

マーチン商会。

一階と二階が店舗になっていて、食器、置物、絵画、缶詰や瓶詰の食品、酒瓶といった船来品が並んでいた。二階の、奥まった一角で、ウィルさんは木箱を開けて、何かの瓶を取り出しているところだった。俊則を見ると、嬉しそうに笑った。

「ちょっと待って。これ片付けて、社長に、休憩もらうから」

確かに、ここだった。

『ダイナ』の次の曲は『林檎の木の下で』。それが済むと、男は、もうおしまいというふうにお辞儀をした。男の前の陶器の丼に小銭が投げ入れられ、人垣は崩れて流れていった。

小銭を数える男に、政義は近づいた。

「この辺りに、マーチン商会という店がありませんでしたか？」

復員兵は顔を上げた。三十代半ば、日焼けした面長な顔で、

「ここにありましたよ」と屈託なく答えた。政義は焼け跡を見まわした。

「大きな木があったんだがな」

「あそこに」

男は、そばの小高くなっている焼け跡を指さした。

「きれいに焼けちゃいましたがね」

「あなたはこの近所に？」

男は、片手のなかで小銭を鳴らし、もう一方の手で道向かいの焼け跡を指した。

「あそこの瓦礫の山になっている所が戦前ダンスホールでしてね。私、楽団員でした。マーチン商会のトムさんとは知り合いで。よく奥さんと踊りに来てくれました」

「ここで毎日演奏をしているんですか？」

「ええ」

「トム・マーチンは最近ここへ戻って来ましたか？」

男はようやく政義たちに警察官らしき空気を感じたのか、警戒する顔つきになった。

「トムさんの許可を得て、ここでやらせてもらっています。留守番代わりにここを守っていてくれと頼まれましたから」

政義は身分証を示した。

「東京の淀橋署の者です。トム・マーチンの行方を探しています。箱根の抑留所からいつここへ戻ってきたか、ご存知ですか」

「トムさんが戻ってきた日？」

手のひらの小銭をじゃらじゃら鳴らして思い出そうとする表情になり、

「月曜の午後でした。昼過ぎ、三時頃だったか」

「二十七日ですね。そのときに何か言ってましたか？」

「トムさんはここにぼんやりと立っていたんです。これからどうするんですかと訊くと、知り合いの医者がいるから、そこが焼けていなければ、米軍が上陸するまで厄介になる、と言って、去っていきました。体調が悪そうでした」

須藤が訊いた。

「トム・マーチン以外のアメリカ人が最近ここへ来たことは?」

「来ました。ウィルが」

「ウィリアム・クロフォード?」

「ええ。ウィルは真珠湾の前に本国へ帰っていたはずなのに、背広を着て現れたんです。私が不思議がると、乗っていたB二九が不時着して大阪で捕虜になっていたんだ、と」

須藤は、目が輝き、興奮している。政義は男に訊いた。

「それは、いつ?」

「私がここに立ち始めてすぐの頃だったです。二十二日の夕方だったか」

大阪で汽車に乗った翌日だった。

「クロフォードは何か言ってましたか?」

「ミスタ・マーチンはどうなったか知らないか、と。ウィルはマーチン商会の社員でしたから。そのときはまだトムさんが戻ってくる前だったので、私が、知らない、と言うと、探してみると言って離れていきました」

「それきりでしたか」

「いえ、それから三日ほどして、また現れました。土曜日でした。二十五日ですね。ウィルは怒っていました。ミスタ・マーチンは見つからない、抑留所に入れられたらしい、店も土地も財産も盗まれている、と。それで、これから東京へ行く、もしミスタ・マーチンに会えたら、あなたの分もリベンジしてやると伝えてくれ、と」

「リベンジ？」

「復讐です」

「誰に？」

「さあ。私が、リベンジって、東京へ何しに行くんだ、と訊くと、誤魔化すようにおどけて、儲カリマッセ、とニヤッと笑ってました。リベンジがビジネスなんですかねえ」

男は手の小銭をズボンのポケットに落とし込んだ。儲かりまっせには程遠い自分の暮らしぶりに、わびしそうな色を浮かべた。須藤は瓦礫に目をやった。

「ウィリアム・クロフォードは二十五日にここを離れた。その後、二十七日にトム・マーチンが抑留所を出てここへ戻ってきた。両者は、すれ違って、会えていませんね」

男は言い足した。

「ウィルが訪ねてきた話をすると、トムさんは、何か、じっと考え込んでいましたよ」

会えてはいないが、この男を介して、復讐という意思の疎通はあったようだ。

「トム・マーチンは、二十七日にここへ現れて、その後は？　もう姿を見せませんか？」

「さっき来ましたよ」

「えっ」

政義と須藤は声を揃え、四方を見まわした。

「さっきといっても、もう二時間以上、経つかな」

政義たちが横浜駅に着いたときに、先ずここを訪ねたら、トム・マーチンに遭遇できていたかもしれない。

「あれから知り合いの医者の家に厄介になっていた。マッカーサーが来たので、滞在先のホテル・ニューグランドへ行ってみたら、親切な将校が軍医と宿を紹介してくれた、と」

「その宿は？　どこですか？」

「いや、そこにはもういませんよ。トムさんはさっき、これから東京へ行くって言ってましたから」

「東京のどこへ？」

「それは言いませんでした。何しに行くのかと訊いたら、リベンジだ、って。私が、リベンジならウィルがしに行ったよ、と言うと、ウィルのリベンジだ、と。トムさんの日本語がおかしいのか。それとも、ウィルの身に何かあったんですかね？」

トム・マーチンは、進駐軍を通してウィリアム・クロフォードの所在や安否を確かめようとして、射殺されたことを知らされたのだろう。

「そのときですよ、この土地を守っておいてくれって私に頼んだのは。この土地が没収されて、払い下げられたのも、おかしい。取り戻すって。東京から帰ってくるまでここを見張っておいてくれ、と」

「他には?」

「あと、つぶやいてました。ユダに会う、と。私は、ユダはトムさんじゃないの、と内心で思って、もう少しで口にしそうになって」

考える目になり、

「本当のユダは別にいるってことを言いたかったのかな」

独り言のように言う。

「ユダ?　ユダはトムさん、とは?」

男は政義を探るように見返した。

「刑事さんはご存知ないんですか?　その件を調べなおしているのかと思ってました」

「その件?」

「戦前に、スパイ事件があって、トムさんの友達のアメリカ人が数珠繋ぎに捕まったんです。当時、新聞に出てましたよ。いまだから言えますけど、この界隈の裏話として、トムさんが特高に友達を密告した、って噂がありました。真相は藪のなかですけどね」

「だから、ユダはトムさん」

「ええ」

「しかし、なぜ、あなたは、私らがその件を調べなおしに来たと思ったんです？」

「淀橋署の刑事さんでしょ。スパイたちは、新宿の食堂で、集まったところを一網打尽になったって、新聞で読みましたよ。だから」

須藤が政義を見つめている。

「確かに、そんな事件が、あったな」

新宿のスパイ事件。足元に、いきなり大きな穴が開いた思いだった。

三

新宿へ戻る電車のなかで、政義は、十五年ほど前に一度だけ会ったトム・マーチンの風貌を思い出していた。

マーチン商会にウィリアム・クロフォードを訪ねたときのことだった。作業中のウィルさんに、ちょっと待って、と言われ、政義と俊則は、店内に並ぶ商品を見て歩いた。一階で、俊則は後ろを通った男を避ける際に、手にとって見ていた珈琲茶碗を柱に当てて、把手を割ってしまった。

後ろを通った男は、そこの社長らしかった。三十代半ばの白人男性で、四角張った顔に、縮れ毛、薄い唇。俊則が謝ると、緑色の瞳に厳格な光をたたえて、買い取ってください、と告げた。ウィルさんが下りてきて、英語で社長とやりとりしたが、社長は、ノー、と首を横に振った。政義は壊れた珈琲茶碗を定価で買い、泣きそうになっている俊則と店を出た。ウィルさんが追いかけて出て、俊則を慰めてくれた。お父さん、と呼ばれて、政義が振り返ると、社長が店先から手招きをしている。政義が店に引き返すと、社長は、さっき払った現金を政義の手に戻した。厳しいとお思いでしょうが、私なりの教育方針です、と社長は言った。優しい緑の目の光だった。いえ、お支払いします、と押し返すと、では、痛み分けで、と半額だけ受け取った。それがトム・マーチンの記憶だ。

その後、ウィルさんは俊則と政義を近所の小高くなった場所に案内し、横浜の街と港について教えてくれた。大きな木があった。ウィルさんは、作業に使っていたナイフをポケットから出して、木の幹に、ＴＯＳＨＩと刻んだ。ＷＩＬと刻んである横だった。俊則は機嫌を直していて、うちの近所にも大きな木があるからウィルって彫っておくよ、と笑った。政義は、持ってきた中古の旧式カメラで、二人を木の前に並ばせて写真を撮った。

あの日以来、ウィルさんにも社長のトム・マーチンにも会ったことはなかった。俊則は写真をウィルさんに郵送し、何通か手紙のやりとりはあったようだ。心優しい善人たちだった。政義のなかでは、リベンジ、復讐という言葉とは結びつかなかった。

新宿駅のホームに降り、政義は腕時計を見た。

午後一時半。トム・マーチンは、おそらく二、三時間前に、東京へ入ったにちがいない。

「どこへ行きますか？」

須藤が闇市と焼け跡を見わたした。

ユダのところへ。

しかし、そのユダとは誰なのか。

淀橋署に戻って特高課の資料を当たり、戦前のアメリカ人スパイ摘発事案を精査するのがいちばんの近道だった。だが終戦でその類いの記録は焼却処分されてしまっただろう。

「射殺死体の発見現場へ行こう」

政義は改札へ向かった。

「トム・マーチンは、ユダがいまどこにいるのか、知らないかもしれない。横浜で、米軍憲兵から情報を得たとすれば、クロフォードの死体がどこで見つかったかは聞いただろう」

「リベンジとビジネス」をしに東京へ行ったクロフォードが射殺された。その死体が捨てられた場所に、マーチンは、たたずんでいるかもしれない。

叫び声がした。

駅の東側へ出ると、町が騒がしかった。

路上で、制服巡査たちと男女の群れが睨みあっている。巡回中の巡査を、闇市の露天商が取り囲み、何か不平不満を声高にぶつけているようすだった。一触即発の不穏な空気が満ちている。

十数人の制服巡査が駆けつけてきた。

政義はそばを走る巡査を呼び止めた。射殺死体の発見現場にいた初老の巡査だった。

「闇市の連中が騒いでるんです」

前歯の欠けた口を開けてハアハアと息をついだ。

「署長が、闇市の親分衆に打診したんですよ。露店を禁止して闇市は閉鎖したいって」

その話を聞かされた露天商たちが警ら中の巡査たちに抗議の声をぶつけているらしい。

数を増やした巡査の壁に、露天商たちは気圧されたのか、捨てぜりふを吐きながら散っていく。

政義は巡査に訊いた。

「この辺りで、アメリカ人の男性を見ませんでしたか」

「米兵ですか？　いやもう、たくさんいますよ」

「民間人です、私服の。見掛けたら、署に連れていって、待たせておいてください。トム・マーチンという名前です」

政義と須藤は足早に歩きはじめた。須藤がつぶやいた。

「闇市が禁止されたら、青佐さんは困りますね」

射殺死体があった瓦礫の山に人影はなかった。

城野の闇市は、露店の数も、訪れる客も、増えていた。青佐食堂では、青佐君江が、こんにちは、と愛嬌のある笑顔を見せた。須藤は、こんにちは、と返し、顔を赤らめた。

長テーブルの後ろに、食卓代わりの木箱がふたつ、丸椅子が数脚置かれ、客がすいとん汁を啜っている。その奥の瓦礫に、子供たちが座って客のようすを眺めていた。ゴン太が立ち上がり、走ってきた。

「秀夫兄ちゃん、これ見てくれ、俺らが作ったんだ」

客席を自慢げに示した。

「お客の相手をしたら駄目だって、おっちゃんが言うから。俺らは店を作るんだ。もっとすげえ店にするから」

青佐雪次は、子供を違法に働かせてはいけないと考えて、そう言うのだろう。

政義は君江にたずねた。

「アメリカ人の男性を見掛けなかったか？」

「見ました。一時間ほど前に。駅のほうから歩いて来て」

射殺死体のあった場所の道端に視線を投げた。

「ちょうどお昼どきで、お客さんが多くて。ずっと見ていたわけじゃないので」

須藤はゴン太に訊いた。

「アメリカ人の男の人がどっちへ行ったか見てないか？」

ゴン太は駅とは反対のほうを指さした。

「あっちへ行った」

政義は君江の観察眼を思い出した。

「どんな格好だった？」

「焦げ茶色の背広とズボン、黒い革靴。金髪が、パーマを掛けたみたいな縮れ毛で、くちゃくちゃ。すごく痩せてて、病気みたいに、ちょっと苦しそうな足取りでした」

政義と須藤は、闇市の前の道を、駅とは反対のほうへ歩き出す。

「秀夫兄ちゃん、もう行くのか」

ゴン太が呼んだ。

「勉強もしろよ」

須藤は軽く手を挙げた。

「今度、本を持ってきてやる」

「要らねえや、新聞読んでるから」

道に落ちている新聞で勉強しているということだった。

「イチオクソウザンゲ」

ゴン太は叫んだ。全国民が一億総懺悔をすることがわが国の再建の第一歩、と首相の談話が新聞に載っていた。

「秀夫兄ちゃん、ザンゲって何だ?」

「反省するって意味だ」

「ハンセイ?」

「自分が悪かった、ごめんなさい、て思うことだ」

「俺も小国民だからザンゲするのか?」

須藤が返事に困って、

「じゃあな」

と政義のあとを追うと、ゴン太は屈託なく手を振った。

「アメリカ人に会ったら、俺のぶんもザンゲしといてくれ」

甲州街道まで出たが、君江の言った風体の外国人はいなかった。

「渡良瀬さん、あれ」

須藤の声が緊張している。

城野の白い事務所兼自宅がある。街道に面した玄関前に、黒いビュイックが停まっていた。プレートの番号で、侯爵家の車だと知れた。

「寄っていこう」

政義は洋風の一枚ドアを開けた。事務机に就いていた戸塚が渋い表情になった。

「刑事さん、何ですか、いきなり」

政義は室内を見まわした。須藤が後ろ手にドアを閉めた。

「アメリカ人が訪ねて来なかったか? トム・マーチンという男だ」

「まだ調べてるんですか。この辺りをうろついたって、何もでてこないでしょうに」

「城野は?」

「私しか居ません」

戸塚がそう答えるのと重なって、男の声が響いた。奥のドアからだった。

「譲れないとは何だ」

激した口調だった。

「おまえ、何様のつもりだ、その物言いは。戦勝国民になって偉くなった気でいるのか」

聞き覚えがあった。比良坂弘毅の声だった。

政義は、戸塚が立ち上がるより速く、突き進んで奥のドアを開けた。

円卓を挟んで、革張りのソファーに、比良坂弘毅と城野が座っている。弘毅は、濃紺の背広の上下に、ネクタイをせず、シャツの胸元をだらしなく開いている。ひきつった表情で城野を見据え、瞳には、薬物でもやっているような異様な鋭い光があった。

城野は、ベージュ色の背広を隙なく着こなし、いつものように髪をポマードでオールバックに固めていた。弘毅に怒鳴りつけられても動じない目を、政義に向けた。

「争う声が聞こえたのでね」

政義は室内に視線を走らせた。前に見たときと同じようによく片付けられていた。

「トム・マーチンというアメリカ人を探している。一時間ほど前に、この界隈で目撃されている。何か知らないか？」

「いいえ」

冷静な、というより、こちらが凍りつく凄愴なまなざしだった。政義は、城野と弘毅を順に見た。

「危険な人物かもしれない。何か見掛けたら、署に連絡を」

弘毅は、トム・マーチンという名を聞いて、はっとこちらを見そうになったが、政義の存在を無視して、落ち着きのない視線を壁に這わしていた。

政義はドアを閉めた。戸塚がそばに立っていた。

「刑事さん、やめてくださいよ、こういう嫌がらせは」

腹立たしそうに抗議した。政義は玄関ドアまで歩いて戸塚を振り返った。

「ここのマーケットは、今日も平穏無事だな。駅のほうじゃ、騒ぎになってるぞ」

戸塚は、ふん、と鼻を鳴らした。

「おたくの署長はトウヘンボクですな。自由な経済活動は国民の権利だってことをわかっちゃいねえや」

「学のあることを言うじゃないか」

「まあ、うちの縄張り、いや、マーケットは、アンタッチャビルですから」

「何だ？　アンタッチャビルって？」

「誰にも手は出せねえってことですよ。この土地には、警察だってね」

須藤がドアを開けた。出ていく政義の背中に戸塚が言った。

「警察なんか早く辞めて、うちに来なさいよ。一緒に儲けましょうや。時代はもう」

最後まで聞かずにドアを閉めた。街道を見た。

「ユダ……どこへ行ったんだ」

周辺を探して歩きまわった。

新宿の闇市全体に不穏な空気が流れていた。露店の後ろで、露天商たちが寄り合い、険しい顔でささやきあっている。署長はまだ正式に露店禁止命令を出したわけではない。闇市を仕切る親分衆に打診しただけだった。その打診を逆手に取って、親分衆が露天商たちを焚きつけ、警察に示威行動でもしてみせようというのかもしれない。

トム・マーチンの姿を見つけられずに淀橋署に戻った。壁の時計を見ると、午後四時を回っていた。

四

刑事たちは、報告書を書いたり、打ち合わせをしながらも、外の気配に耳をそばだてている。マーケット閉鎖の話に激昂して露天商たちが押し入ってくるかもしれないと署内に噂が流れていた。

日が傾き、町は暮れていく。廊下に出て、窓越しに眺めると、署の玄関前の道を、男たちが鋭い目つきで署内のようすをうかがって行き来している。

政義は須藤をつれて、戦前の捜査資料が残っていないかと特高課の部屋をのぞいてみた。人のいない室内には、埃っぽく肌寒い空気が溜まっている。机上や書類棚に並ぶ資料、記録簿は、数が少なく、外部に流出しても害のない内容のものだけを放置してあるようだった。刑事課に戻り、他の刑事たちに、戦前のスパイ事件を覚えているかたずねてみた。

「ああ、あったな。アメ公が軍需品の配給網を探って本国へ知らせていた件だ」

当時の新聞記事に載った程度のことをぼんやりと覚えている者ばかりだった。

「あっちは極端に秘密主義だからな」

刑事課の人間には、特高課は「あっち」側の存在だった。政義が感じていた違和感を、刑事課の刑事たちは、スパイ事件を思い出すことで、確かめあうふうだった。秘密主義、と言った刑事が続けた。

「真珠湾攻撃の一年ほど前だ。特高課がアメリカ人を拘束した。取り調べて、そのうちの三人だったかが、スパイとして検挙された。記者とか商社員とか、一般人だ。評判の洋食屋で会食していたところへ特高課が踏み込んだんだったな」

須藤が、けげんそうな顔になる。

「外国人にも評判の洋食屋があるんですか、新宿に？」

「空襲で焼けたが。青佐食堂って、甲州街道沿いにあった。ホテルのコックが独立して開いた小さな店でな。安くて美味かったぞ。ビーフシチューが絶品だった」

政義は日が落ちて暗くなった窓の外を見た。青佐はトム・マーチンを知っているのではないかと思った。さっき、トム・マーチンを見たかと青佐雪次にはたずねなかったのは、手落ちだったかもしれない。

刑事課の戸が開き、廊下から、羽刈が顔をのぞかせた。青白い顔で、肩で息を切らせて、戸の桟にしがみついている。

「ああ、渡良瀬さん」

苦しそうな息を吐いた。須藤が立って近づいた。

「羽刈さん、マーチン商会のトム・マーチンが、新宿に来ています」

羽刈は、ぐっと唾を飲んだ。

「知ってる。トム・マーチンが、ここへ来た」

政義は立ち上がった。

「羽刈君、会ったのか」

「いえ。マーチンは、受け付けで、特高課の刑事はいるか、と訊いて、誰も出勤していないと聞くと、そのまま出ていったそうです。受け付けの者が名前を訊くと、トム・マーチンだ、と言い残して。その後で、私が帰って来たんです」

「いつのことだ?」

「一時間ほど前です。受け付けの者が、私に、そんなことがあったと伝えて。私は特高課に出向していたことがありましたから。それで、私は、マーチンがいないかと外へ探しに行きましたが」

苦しそうに息をつぎ、

「町はどうも物騒で。闇市の男たちに、おまえ刑事だろうと絡まれて、追いかけられて」

「特高課にいたときにトム・マーチンを知っていたのか?」

「私は、出向といっても、すぐに召集されて大陸へ出征しましたし、負傷して復職したときには庶務課へ移ったので」

須藤が、

「そんなことは後で。それよりも、もう一度探しに、町へ」

政義を急かして廊下に出た。羽刈は、不安そうに、

「外へ行くのは、どうも」

とつぶやいた。須藤は手のひらを立てて制した。

「羽刈さんは待っていてください」

表の道路で、男の叫び声がした。車の警笛が鳴り響く。政義は廊下の窓に寄った。

玄関前に、幌を外した運送トラックが乗りつけていた。荷台から男たちが飛び降りるところだった。たすき掛けをしたり、さらしを巻いたりする者もいて、皆、木刀や棒切れを手にしている。

「署長を出せ。署長を」

口々に叫んでいる。荷台の中央で、男が拳を高く挙げて振り回す。

「警察は、我々人民の自由な経済活動を、支配できない」

ハンチング帽を被り、丸縁眼鏡、鼻の下に髭をたくわえている。一昨日の朝に押しかけてきた、日本革命評議会と称する集団のリーダーだった。

「帝国主義の犬ども、貴様らはもう、ひと切れの権力も持たない。蝉の抜け殻だ。我々には、自由なマーケットで、自由に生きる権利がある。自由マーケットこそは、帝国主義の旧弊な秩序を打ち壊す新しい世界である」

男たちが集まってきて、玄関前の道を埋め尽くした。須藤は廊下の左右を見た。

「畜生、こっちも武器を持って籠城しないと」

羽刈が切羽詰まった顔で、

「それより、トム・マーチンを探そう。いまのうちに裏口から出よう」

須藤はどうしましょうと政義を見た。

「武器を持って戦えばこちらの負けだ。ここは署長が何とかするだろう」

羽刈が先導し、三人で裏口から脱け出て、路地を新宿駅に向かった。

駅舎の周辺にも、不穏な気配を漂わせた男たちがうろついている。怒鳴り合い、殴り合う男たちもいた。日頃の不満憤懣が相手かまわずに噴き出して、大きな喧嘩沙汰や暴動が起きそうな空気がある。

「こっちへ行きましょう」

羽刈が広い新宿通りを指さした。

宵の町を進んでいくと、銀行ビルの裏手から、男たちがぱらぱらと駆け出してきた。路上で、鉄棒や木刀を振り回して争っている。対立する闇市の者同士が、今夜の騒動に乗じて喧嘩出入りしているのだった。怒声が交じり、刃物が、きら、きら、と光る。

道端に避けて、先へ進んだ。怒鳴り声や、物を壊す音がする。街灯の下に、派手な洋装の、化粧の濃い女たちが集まって立っている。いつもは暗がりに散らばって立つ街娼たちが、物騒な空気に怯え、明るい場所に、かたまっているのだった。きつい安香水の匂いが入り混じっている。

髪に赤いハンカチを巻いた女が煙草を吸いながら、羽刈に声を掛けた。

「刑事さん、また来たのかい。今夜は危ないから、外へ出ちゃ駄目だって」

女たちは、やけになったように笑い声を上げた。政義は通りの暗がりを眺めた。

「アメリカ人の男を見なかったか？　金髪がパーマを掛けたみたいに、くしゃくしゃの」

「アメリカ人だって？　そんな上客、見たら逃さないよ」

また甲高く笑う。

制服巡査が一人、走ってきた。政義たちを見て、警戒する顔になり、通り過ぎようとする。政義は身分証を示した。

「淀橋署の渡良瀬だ。どうした？」

巡査は敬礼した。

「焼け跡に人が倒れていると言われて、確かめますと、死んでいるようすなので、署へ知らせに行くところです」

「露天商の出入りか」

「死んでいるのは、外国人です」

騒乱の夜がその瞬間静まりかえったように感じた。

「やられた」

須藤が声をあげた。巡査に案内させて、新宿通りから、廃墟になったビルの角を曲がり、真っ暗な路地を抜けた。

雲が裂けて月明かりが射した。焼け跡に、瓦礫が、でこぼこな陰影をつくっている。瓦礫の陰に、痩せた男がうつ伏せに倒れていた。巡査が懐中電灯を点けた。焦げ茶色の背広とズボン、黒い革靴。金髪がくしゃくしゃに乱れている。

側頭部の金髪が、べっとりと濡れている。血の臭いがした。政義は、懐中電灯を借りて、男の横顔を照らした。痩せ衰えた白人が、落ちくぼんだ目を開き、何かに驚いた色を残している。緑の瞳が、焼け跡の闇に向いていた。

「追い剥ぎでしょうか。こんな夜ですから」

巡査の若い声が震えている。政義は、死体の周囲に、光の輪を這わせた。

血だらけのコンクリート片が転がっている。金髪と、肉片らしいものが付着していた。

「私は、この界隈も探して歩いていたんですが」

羽刈は、通りに面した廃墟ビルを指さし、

「このビルの前の路肩に、車が停まっていました。あのときもっと注意を払っておけばよかった」

死体を見下ろした。

「黒いビュイックでした」

第五章　九月三日 月曜日

一

翌朝、刑事課の自分の椅子に就くと、政義は窓越しに曇り空を見上げた。頭がぼんやりとして、灰白色の空も、にじんで映る。

昨夜は眠る間がなかった。署長が押しかけてきた闇市の男たちと言い争っている裏で、刑事たちが焼け跡の死体を検分し、現場検証をした。知らせを受けた米軍憲兵隊がジープとトラックを連ねて淀橋署に現れ、男たちを蹴散らして、一時は署内を占拠する状態だった。暴動の兆しは、米軍憲兵隊の出現で尻すぼみに散ってしまった。

米軍憲兵は、現場を検証し、前と同じように死体をトラックに乗せて去った。政義は、これまでの捜査の報告書を米軍憲兵隊に至急提出せよと命じられ、署で徹夜した。

朝の空は曇っていてもまぶしかった。目を閉じるとまぶたの裏は朱色で、歪んだ線状の光の残像がうごめいている。

報告書をあげてから、朝方、いったん自宅に着替えに戻り、冷や飯の茶漬けをかき込んできた。登美子もひと晩眠っていないように憔悴していた。何かに憑かれた目の光だけが強くなっていた。

朝食をとる政義の横に座り、

「昨日の夕方、電話がありました」

と告げた。

「ヒラサカ、という方から」

政義は箸を止めた。

「何て言ってた？」

「主人は帰っていませんと言ったら、ではまた、って切れたわ」

箸を動かしていると、登美子が訊いた。

「俊則が帰ってくるの？」

「いや」

何と答えてよいかわからずに食べつづけた。

「こちらから掛けなおしてみたら？」

「そういうわけにもいかないんだ」

「どうして？」

「いつも居る、という相手じゃない」

登美子の視線を避けて茶漬けをかき込んだ。厳しい目の光に不信の色が混じっていた。

ぼんやりした脳裡で、そんな場面を反芻していると、刑事課課長が戸を開けてのぞきこんだ。

「渡良瀬君、一緒に来てくれ」

二人で署長室に入った。上尾は執務机に就いて、鼻の下の髭を指先で撫でつけていた。しかつめらしく威厳を保っているが、今朝は機嫌が良いのがわかる。

「GHQの通達が来ている。君らにも教えてやろう、軍隊は武装解除されるんだが」

目を細めて通達の文面を読んだ。

「警察機関は、本武装解除規定の適用を免るるものとす。警察機関はその部署に留まるものとし、法及び秩序の維持につき、その責に任ずべし」

どうだ、という顔を上げた。

「連合国軍の占領下でも、わが警察の責務は変わらない。権限もだ」

胸を張った。

「いいか。公定価格を破壊する闇市は禁止する。抵抗する者は拘束するぞ。戦勝国民だからといっても、法の外に居るわけじゃない。昨夜の連中は今度現れたら片っ端から逮捕だ」

わざわざ俺たちを呼びつけて聞かせる話でもないだろう、と政義は苛立たしく思った。

上尾は書類を置き、二人の顔を交互に見た。

「それでだ、射殺死体の遺棄から始まった一連の事案は、警視庁と、うちと愛宕署とで、合同捜査本部を開き、大々的に捜査を開始する」

課長の横顔が緊張した。

「帳場は、うちに？」

「もちろんだ。特高課の部屋を使う。あそこはいま空き部屋同然だからな。片付けておけ。それと、米軍憲兵隊も捜査に参加するそうだ。史上初めての、日米合同捜査だ」

意気揚々と目が輝いている。状況は一変した。いわば華やかな大舞台の座長になるのだ。

複雑な顔つきの政義に、上尾は目を留めた。

「初動捜査の三人はたいへんご苦労だった。今後は、渡良瀬も望んでいた大規模な捜査体制を敷く。捜査陣の一員として、上の命令に従ってやってくれ」

「米軍憲兵が、あと三日間でやれと言っていたのは？」

「今日が三日目だったな。あらためて、仕切り直しになったわけだ。君らの捜査は発展的解消というやつだ」

「そうでしょうか。降伏文書の調印が済んで、この時機にこの決定が下りてくるのは、米軍憲兵には前からわかっていたことです」

「何が言いたいんだ」

「米軍憲兵は、今日、ここへ入って来て状況を見極め、明日からは指揮権を我々から取り上げる。

初めからそのつもりだった。合同捜査というかたちにはなりませんよ」

上尾は、政義を睨んだ。

「だったらどうしろと言うんだ」

「やはり我々が三日間で、つまり今日で、解決に至らなければ」

上尾は不機嫌な顔に戻って課長に言った。

「帳場を開く準備をしろ」

刑事課に戻ると、課長は大きな声で指示を出し、刑事たちに先ず特高課の部屋の掃除を始めさせた。机上に残っているノートや冊子の類いをすべて壁の棚の片隅へ移し、掃いたり、拭いたり、賑やかにひと騒動あった。須藤は、政義から事情を知らされると、

「ちょっといいですか」

羽刈にも声を掛けて、三人で脱け出した。

羽刈の机がある庶務課分室に入った。署長室の隣りの手狭な室内に、他に人はいなかった。須藤は、持ってきた自分のノートを机上に広げた。

「整理してみました」

濃い鉛筆で、まとめてあった。
①二十九日水曜〜三十日木曜の深夜、ウィリアム・クロフォード射殺。高輪で射殺後、新宿へ運ぶ。

②三十一日金曜の宵、番匠撲殺。愛宕町。
③二日日曜の夕方、トム・マーチン撲殺。新宿。
比良坂侯爵……①高輪の現場で目撃、②未確認、③未確認。

執事の立原……①高輪の現場で目撃、②未確認、③未確認。

比良坂弘毅……①射殺後に高輪の現場で目撃、②未確認、③現場近くでビュイック目撃。

城野忠信……①自宅で就寝？　②未確認、③未確認。

朔耶道彦……①横浜にいた？　②未確認、③未確認。

「なんだ、未確認ばっかりじゃないか」

羽刈があきれた。須藤はまじめな顔でうなずく。

「それを確認できました。各人が、それぞれの日時に、どこにいたのか。確認がまったく取れていない」

政義は並んだ名前を目で追った。

「本人に直接尋問してみても、都合のいい自己申告ばかり聞かされるだろうな」

羽刈はうなずいた。

「だいいち、米軍憲兵が、比良坂ホテル及びその関係先への捜査を禁ずる、と言ったわけですから。尋問すらできない」

須藤は、いや、と首を振る。

「米軍憲兵は、予断に基づく違法捜査を禁ずる、と言ったんです。しかし、アメリカ人がこれで二人も殺されたんですよ。予断に基づくなんて、もう言ってられないでしょう。たとえ重要参考人がこの国の支配階級の有力者だとしても、手ごころは加えないはずです」

羽刈は目に不安そうな色を浮かべた。

「須藤はまだ侯爵家に固執してるのか。これ以上関われば、こっちの身分が危なくなるぞ」

「だから、米軍憲兵に尋問してもらうんですよ」

「進駐軍に？」

須藤は自信有りげだった。名案を思いついたつもりなのだ。政義と羽刈は顔を見合わせた。須藤は人差し指でノートを示した。

「未確認部分の全ては、渡良瀬さんが言うように、証人がいないので、最後まで確認できないかもしれません。しかし、侯爵と、執事の立原、比良坂弘毅大尉がホテルに出入りしたのは、岩波に目撃されています。せめて、そこの部分について、本人たちへの尋問が必要です。我々ができないのなら、進駐軍の権威でやってもらう。そのための合同捜査です」

羽刈は慎重な面持ちだった。

「我々の初動捜査は終わった。このノートを、合同捜査本部で米軍憲兵に渡せば、後は上手くやってくれるさ」

「ええ。権力に対するには権力で。できれば俺は、米軍憲兵の尋問についていきたいです」

須藤は、政義を見て、言葉を切った。政義は鉛筆の濃い文字を見つめていた。

「どうかしましたか？」

「米軍憲兵を動かせればそれもいいだろう。だが、本当に、後は上手くやってくれるのか」

「というと？」

「侯爵家はGHQに取り入ろうとしている。朔耶道彦が知り合いの米軍将校に接触していた。もしその線がGHQの上層部に通じているのなら、そこから、侯爵家への捜査を手加減しろと、今度は米軍憲兵隊に圧力が掛かるだろう」

「じゃあ米軍憲兵の権力でもってしても」

須藤は悔しそうな顔になって、拳でノートのおもてを打った。

政義は顔を上げた。

「侯爵親子への尋問は、俺たちでやってしまおう」

羽刈が驚いて反対しようとするのを手で制した。

「米軍憲兵は、犯人の検挙を三日間でやれと言った。今日は最終の三日目だ。合同捜査本部が起ち上がれば、発展的解消とかいって、俺たちの主導権はなくなってしまう」

「なくなってしまうって、もう、なくなったでしょう」

「いや、そこだ。そうとはいえない。帳場の店開きは、本庁や愛宕署の捜査員が集まってからだから、昼飯の後になる。この午前中は、ぎりぎりまだ三日間の三日目が生きてる」

「何を言ってるんですか、渡良瀬さん」

「しかも、米軍憲兵が合同捜査で参加すると言ってるんだから、俺たちはその下準備をしておく必要がある。今日の午前中いっぱい、進駐軍のために働くわけだ。まあ、虎の威を借る狐ってところだな」

　腕時計を見た。

「まだ十時じゃないか。すぐここを出れば、進駐軍の権威の下に、侯爵家に尋問に行ける」

「理屈になってないですよ」

　羽刈は、ついていけないという顔でつぶやいた。

「羽刈君は、捜査本部が起ち上がるまでにやっておきたいことはないのか?」

　つきあってくれなくてもいい。別の捜査で政義たちとは離れていたと言えるようにしておいてやりたかった。羽刈はまじめな表情になった。

「ユダ」

「ユダを探す?」

「ええ。トム・マーチンは、ユダに会うと言って横浜を出たんでしたね。それで、ここの特高課を訪ねてきた。ユダの居所を訊くために特高課へ来たように思います。あのスパイ事件に関係した特高課の刑事なら、ユダが誰だったのか、知っている」

「特高課の刑事を探し出す、ということか」

「思い返してみたんですが、当時、特高課で、外事担当だったのは、楠田さんでした。スパイ事件を扱ったはずです」

四日前、射殺死体が見つかった朝、署員の更衣室で、初老の刑事が、衣服戸棚の私物を布袋に移して出ていった。政義はその姿を思い出した。瞳に怯えの色を浮かべ、天と地がひっくり返ったんだよ、と言った。特高課の楠田刑事だった。

「楠田さんは、休暇中だ」

羽刈は窓外の曇り空に目をやった。

「どこかに身を隠したんだと思います。私は楠田さんを探します」

三人は庶務課分室を出ると、刑事課の騒がしさを避けてこっそり玄関から脱け出した。

黒塗りの自動車が連なって玄関前に停まったところだった。背広姿の男たちが降り、政義たちや巡査を押しのけて入っていった。警視庁の捜査員たちだった。政義が顔を知っている警部もいる。警部は、鋭い威圧する目で政義を見た。政義は背を向けて駅を目指した。須藤が追いついてつぶやいた。

「まさか自分が、最後に海軍の父に玉砕攻撃を仕掛けるなんて、思ってもみなかったです」

「あまり意気込むな、かえってしくじるぞ」

たしなめながら、須藤は警察を辞めるつもりなのかと感じた。最後に玉砕。これで刑事は辞めようと考えている、とも受け取れた。

「渡良瀬さんは、ワニガメって呼ばれてるそうですね」
政義は、ふん、と顔をしかめた。自分だって、身分が危うくなる尋問を行なおうとしている
じゃないか。夜明けで霞む目を指でこすった。

二

正面玄関の石段を上がりながら、執事の立原は、

「弘毅様は外出中です」

蠅叩きで小蠅を叩くような口調で答えた。糊の効いたシャツに黒ズボン、黒靴は、四日前と寸
分たがわないのに、下ろしたての新品みたいに見える。

「いつから、お出掛けですか？」

「昨日の昼から」

「どこへ？」

「存じません」

「車で？」

「はい」

「お帰りは、いつの予定ですか？」

立原は玄関ホールの入口で足を止めて振り返った。

「お聞きしていません。それに、警察の問い合わせには応じなくていいと言われています」

「誰がそんなことを?」

教える必要はないといいたげに、きびすを返す。

ホールに入ると、大理石の大階段の下に、比良坂侯爵夫人が立っていた。前に来たときは、階段の途中の踊り場にいた。夫人は来客をこの階段で出迎える習慣なのかと思った。夫人の厳然とした、こちらを蔑むまなざしを見て、ただし好まざる客に限ってのことらしいが、と胸中でつけ加えた。

「お邪魔します」

夫人は顎を上げて体を反らせた。

「内務省の知り合いがそう言いました」

尊大な声が大理石でできた空洞に響いた。

「警察官の無礼な質問には答えなくていい、と」

政義と立原のやりとりが聞こえていたのだ。

「身分もわきまえず、あれこれと不愉快な質問をしに来たのなら、帰りなさい」

「奥様、そうもいかない状況です。この一週間足らずで、米国人が二人も殺害されました。本日、合同捜査本部が設けられ、進駐軍の憲兵隊が捜査に加わることになりました。私は、その指揮下にあります」

　進駐軍と敗戦国の内務省と、どちらの権威が上か、夫人が理解するあいだ黙っていた。

「それと、弘毅と、何の関係があるんです？」

「関係がないとお考えなら、それを米軍憲兵に納得させることが大切です。弘毅さんは現在どこにいらっしゃいますか？」

　夫人のまなざしが揺れた。口の端が少し下がった。

「連絡は、取れないわ」

　どこにいるのかわからないのだ。弘毅は昨日、ビュイックに乗って、消えた。

「先週の水曜から木曜にかけての深夜。金曜の宵。それと、昨日の夕方。弘毅さんはどこにいらっしゃいましたか？　ご存知ありませんか」

　夫人の目が泳いだ。

「家にいました。どこへも出掛けていません」

　立原がうつむいた。さっき立原は、昨日の昼から弘毅が帰っていないと言ったばかりだった。

　政義は諭すように言った。

「奥様、偽証なさると弘毅さんの不利になるばかりです。水曜の深夜、弘毅さんの外出については目撃証言があります。昨日の午後は、私も新宿でお会いしました」

　立原が口を挟んだ。

「弘毅様は外で飲み歩いていらっしゃることが多いのです。行く店は、だいたいは決まっていますから、その店で訊けば、いつどこにいたかは確かめられます」

夫人は、見下す目に戻って、顎を上げた。

「あの子は事件に全然関係がないのよ。親だから庇うのじゃない、事実だから言うの」

政義は、立原に、目で奥の階段を示した。

「侯爵にも話をおうかがいしたい」

夫人は、やむをえないというふうに脇に退いた。政義の背中に刺さる夫人の視線は、四日前よりも厳しかった。

二階の二枚扉が開いた。

広い洋間は以前と同じで蒸し暑かった。窓際の小卓で、鳥籠の文鳥が止まり木から止まり木へ鳴きながら移っている。

侯爵は、ガラス棚のそばのテーブルで、小さな仏像に見入っていた。テーブルの端に、ステッキが掛けてあり、脱ぎ捨てた白い手袋が置かれたままで、あれから四日間この部屋から出ていないのかと思えた。

侯爵は、瞼の垂れた眠そうに見える目で、政義をちらと見て、仏像に視線を戻した。古い銅製の座像で、琵琶を抱え、仏像に特有のうっとりとした表情だった。

「晋代のものだ。敦煌で発掘された」

太い指で、いつくしむように撫でる。

「それと、これだ」

背後のガラス棚から、別の一体を出してきて、並べて置いた。

金箔がまだらに剥げた立像で、端正な、もの静かな顔立ちだった。凛とした雰囲気があり、裳裾の模様まで端然としている。

「同じ時代のものだが、さて、どちらがお気に召したかな」

「私は、門外漢ですので」

政義は二体を見比べるだけに留めて、

「昨夜、マーチン商会のトム・マーチンが、新宿の焼け跡で、死体で見つかりました」

と告げた。

「先日の射殺死体遺棄の事案、金曜の夜に番匠が殺害された事案と併せて、合同捜査本部が起ち上がります。そこには米軍憲兵隊も参加します」

侯爵は立像を指先で愛でている。

「そこで、あらためておたずねするのですが、先週の水曜から木曜にかけての深夜、閣下はどこにいらっしゃいましたか？」

立原が気色ばんだ。

「無礼だぞ。御前様に質問してはいかんと言われたはずだ」

怒気を含んだ制止の声だった。政義は侯爵に向いた。

「私が報告しなければ、米軍憲兵が直接尋問に来ます」

立原は憤然と、

「御前様はこの屋敷でお休みでした」

と答えた。侯爵の茫洋とした表情が仏像のようだった。政義は言った。

「タクシーで、高輪の比良坂ホテルへ行かれましたね。立原さんと一緒に。目撃証言がありま
す」

「私も一緒に、だと？　それは偽証です。誰がそんな証言を。悪意のある偽証ですよ」

侯爵は仏像を見下ろしている。政義は立原に向いた。

「では、金曜の宵は？」

「会合でした」

立原は急に余裕のある表情になった。

「金曜の夕方は、御前様は、丸ノ内の東京會舘にいらっしゃった。あそこは進駐軍の将校クラブになるということで、準備を進めているところです。御前様は最初、連合国軍総司令部が入る予定の第一生命ビルに、コンラッド少将をお訪ねになり、東京會舘で待つようにと言われました。コンラッド少将が會舘にやってきて、懇談なさった後、新橋の水滸亭に少将をお招きして、夕食を共にされた。水滸亭を出て、タクシーでご帰宅になったのは、九時過ぎでした。そのあいだ、

私がお供をしていたし、行った先々にそれを証言する者はいます。朔耶道彦様も、通訳として、ご一緒でした」

番匠が撲殺されたときに、侯爵、立原だけではなく、朔耶まで、揃って進駐軍の将校に会っていたという。

「では、昨日の夕方は？」

侯爵が口を開いた。

「渡良瀬君に電話を掛けていた。君の細君が証人だ。ここから掛けた。交換手なり、局の通話記録なりに確かめてみることだ」

立原はごもっともですとうなずいた。ますます余裕のある態度になってきた。

「私は、邸内で家事を差配していました。他の使用人に訊いてみるとよろしいです。出入りのご用聞きの相手もしたので、念のために、そっちのほうにも確かめればよろしいかと」

政義は、テーブルの端に置かれたままの白い手袋に目を落として黙り込んだ。

廊下に通じる扉が開いた。

朔耶道彦が、軍服姿のアメリカ人を案内して入ってきた。勲章をいっぱい付けた、恰幅の良い初老の大男だった。

「少将をお連れしました」

朔耶は政義がいるのを見て、ぎょっとなり、男雛に似た顔を赤くした。怒りの色だった。

三

侯爵は、テーブルと政義たちを回り込んで、少将と握手した。

「お越しいただいて光栄です。少将のお気に召す仏像があればいいのですが」

朔耶の通訳で挨拶を交わした後、侯爵は朔耶に言った。

「警察に、金曜の夜は少将と水滸亭にいたと説明していたんだ」

朔耶は怒りのまなざしを政義にぶつけた。

「なぜここにいる」

「捜査に進駐軍の憲兵隊も加わりました。日米の合同捜査です」

「だから何だ。ＭＰが加わったからといって、状況は変わらんぞ。まだ懲りないのか」

侯爵が穏やかな表情で、

「せっかくだから、コンラッド少将に証言してもらえばいい」

朔耶は迷惑そうな顔をしたが、少将に政義たちを指さして説明を始めた。少将はうなずき、政義に何かを言った。朔耶が通訳した。

「金曜の夕方から夜にかけて、侯爵と一緒に食事をしていたのは間違いない。ＭＰから問い合わせがあれば正式に回答する、とおっしゃっている」

政義はうなずき、

「朔耶さんにおたずねしたいのですが」

朔耶はうんざりした顔になる。

「何でも訊いてくれ。ただし手短にな」

「水曜の夜は横浜にいたとおっしゃいましたが、それを証言できる人はいますか？」

「事務所には私しかいなかったが。マッカーサー元帥の情報を集めようと、事務所から何件か電話を掛けた。電話局で通話記録を確かめればいい」

「昨日の夕方は、どこにいらっしゃいましたか？」

「昨日？　昨日は何があったんだ？」

「マーチン商会のトム・マーチンが殺されました」

朔耶の目に驚きの色が浮かび、懸命にそれを抑え込むようすがうかがえた。

「昨日の夕方は、東京會舘で少将のスタッフと話をしていた。その後、一緒に食事をした」

「わかりました。お手間を取らせました」

政義は須藤と目を合わせた。須藤は暗い面持ちだった。玉砕覚悟で尋問し、未確認だった各人の居場所が確認された。その結果須藤は失望に沈んでいる。

朔耶が冷ややかに告げた。

「以後は、ＭＰからの直接の質問にしか答えない」

政義を見据える。

「ホテルの再開業に向けて、内装工事も始まった。もう勝手に入り込まないでくれたまえ」

内装工事でホテル応接室の弾痕も血痕も処分したのだ。立原が促した。

「では、よろしいですね。お引き取りいただきましょう」

政義は、ためらい、侯爵に向いた。

「昨日、うちにお電話をいただいたということですが？」

侯爵は政義を一瞥した。無関心な目だった。自分は警察に突つかれても平気だ。ＧＨＱの将校ともつながりができた。もうジゲビトの機嫌を取る必要はない。そんな目つきだった。しかしその目に、ふっと考える色が浮かぶ。

「例の、特攻隊員の捕虜名簿だが。存在を確かめているところだ。もうすぐわかるだろう」

重々しく言い、

「子を思う親の心は、皆、同じだ」

とつけ足した。

政義は一礼して広間を出た。階段を下りていくと、夫人はもういなかった。コンラッド少将に挨拶するために化粧を直しているのかもしれない。少将と懇意になれば、侯爵家も比良坂ホテルも、安泰だろう。比良坂家は敗戦後の危機を上手く乗り越えたのだ。

侯爵にとって、危険なのは、弘毅の無軌道な言動だった。今回の事案でも、弘毅だけはまだ安全圏に逃れていない。政義には、侯爵の最後の言葉の意味が腑に落ちた。子を思う親の心は皆同じ。俊則の消息を知りたかったら、弘毅の捜査は忖度しろ。交換条件というよりは、圧倒的な優位に立ったうえでの、命令だった。

仏様みたいな茫洋とした侯爵の顔を思い浮かべた。立原も、朔耶道彦も、この老人にいいように動かされている。内務大臣も、おそらくは、米軍憲兵隊も。

「刑事さんは、新宿の、比良坂の御用地へ、よく行くそうですな」

先に立って階段を下りる立原が言った。城野の闇市のことだった。露天商のなかには侯爵家に恩義のある者たちがいるという。政義の動きを侯爵家に報告しているらしい。

「侯爵家を陥れようと、警察にいい加減な告げ口をする輩がいるようで。迷惑しています」

「告げ口？　こちらから聞き込みはしますが。皆さん口が固い」

立原は信じないというふうに眉根を寄せた。

「刑事さんは、城野や、青佐雪次と、仲が良いそうで」

政義は苦笑した。

「その二人は、侯爵への忠誠心が、特に強い。告げ口なんて」

「郭は、戦勝国民だからと調子に乗って、あの土地を乗っとるつもりです。下剋上の風潮に便乗して、のし上がってやろうと野心満々だ。ならず者ですよ。今回の事件も、アメリカのギャングと組もうとして、逆に仲間割れでも起こしたんじゃありませんか？」

政義が黙っていると、

「青佐雪次だって、何を考えているのやら」

意味ありげにつぶやく。

「青佐さんが？」

「雪次は何も言っていませんか？　あいつの両親はここの使用人だったのですが、あいつが幼いときに、邸内の火災事故で亡くなりましてね」

「侯爵家が助成する養育院で育てられて、就職も結婚も独立も助けていただいたと感謝していますよ」

玄関ホールを出て、石段の途中で、立原は足を止め、政義に顔を寄せてささやいた。

「火災事故というのは、御前様が若い頃に、火の不始末をなさったのが原因で起きた事故です。雪次は御前様の過失で両親を亡くした。それに、雪次の結婚と独立にも裏の事情が」

辺りを見まわし、

「ここの使用人だった浜乃が、御前様のお手付きで、妊娠した。それを、ホテルの厨房にいた雪次に払い下げて、新宿に食堂を持たせてやったといいます」

「青佐君江は侯爵の子だと？」

「違います。生まれたのは男だった。浜乃は、結局、後々まで世間の中傷に悩まされて、心を病んで、自殺に近い死に方で亡くなった。息子は、生きていれば三十歳になるかな。弘毅様の軍功の犠牲になって大陸で戦死しましたよ」

「それでも青佐さんは侯爵家に恩義を感じています」

「そうですかな。誰の心にも闇はあるものです。それに今度は、娘の君江が、弘毅様の慰みものになって、まとわりつかれている」

にやにや笑っている。政義が怒りを抑えていると、

「警察では、動機のある者を先ず疑うのでは？」

とがめる口調になった。政義は、

「侯爵を恨んでいるのなら、アメリカ人を殺したりせずに、侯爵を殺すでしょう」

と言い返し、立原を残して石段を下りた。並んだ須藤も怒りで蒼ざめていた。

「気分が悪いな」

吐き出すように言った須藤が、急に、あっ、と叫んで石段を駆け下りていく。

男が一人、車寄せから建物の陰へまわって逃れようとするのに、

「おい、待て」

走って追いつき、腕をつかんだ。比良坂ホテルの従業員寮で寝泊まりしていた岩波だった。復員兵姿をあらため、新しい背広の上下に、革靴を履いている。髪も整え、髭も剃って、清潔な好青年という格好になっていた。

「どうしてこんなところにいるんだ」

岩波はおどおどした笑みを浮かべた。

「朔耶さんに誘われて。比良坂ホテルのマネージャーをやらないかと。再開業するそうで」

須藤の横顔は怒気を孕んでいる。

「岩波、この前の話は、ちゃんと証言してくれるな？」

「ええ、もちろんです。しかし」

「しかし？」

「日を数えなおしてみたんです。そうしたら、ちょっとズレてたみたいで」

岩波は一歩退き、

「侯爵をホテルの裏門でお見かけしたのが、水曜から木曜にかけての深夜だと思い込んでいましたが、木曜から金曜にかけての深夜でした。一日ズレていました。すみません」

「それはおかしいじゃないか」

「放浪生活で何だか記憶がごっちゃになってしまって」

「よく思い出せよ。銃声が一日ズレて鳴るはずはないんだ」

「いや、それも、朔耶さんにお聞きしたんですが、ホテルの外壁が劣化していて、剥がれ落ちて、地面で砕けていたんだ、と。確かに、そんな音でした。いま、修復工事が」

須藤の拳が岩波の顎に飛んで、岩波は尻もちをついた。

「須藤」

政義は後ろから肩を押さえた。須藤は怒鳴った。

「貴様、それでも横須賀の海兵か」

岩波は顎を触って、反抗的な目で見上げた。

「海軍なんか、もうありませんよ。日本は降伏したんだ。俺たちは、ただの敗け犬だ」

「何だと、この野郎」

政義は須藤をひきずるようにして岩波から離し、通用門を出た。

坂道をどんどん下りていきながら、須藤は吐き捨てるように言った。

「突破口なんて、どこにもないですね。突破口だと思った手掛かりがどんどん消えていく」

「捜査は消去法だ。侯爵に、斜線を入れて抹消。残った事実を固めていくだけだ」

「俺は、侯爵が犯人であってほしかったです」

須藤は曇り空を見上げた。

「ホテルに来た敵兵を撃って、御国に殉じて、海軍の父の名を俺たち海兵の胸に刻んでくれたのかと、期待していたのに。我々の玉砕攻撃は惨敗でしたね」

青佐雪次や君江に抱いていた印象まで汚されてしまった。立原はそのために侯爵の非道を暴露して警察の心証を害したのだが、侯爵はそれぐらいでは不利にならないほど安全な場所に立っている。

政義は、自分の背広のポケットから、白い手袋を取り出した。

「期待はまだ残しておけ」

「それは？」

「岩波が言ってた。夜中に侯爵がホテルに出入りした際、白手袋を嵌めていた、と。この手袋は、四日前にあの広間を訪ねたときから、テーブルに、脱ぎ捨てたまま置かれていた」

自分のハンカチに白手袋を包んで、ポケットにしまった。

「硝煙反応が出るか、調べてみよう」

四

淀橋署へ戻ると午後一時半を過ぎていた。合同捜査本部は起ち上げの全体会議が終わって、捜査員たちはそれぞれの仕事へと散った後だった。

政義は、鑑識係に白手袋を託し、庶務課分室で須藤とノートを書き換えた。
①二十九日水曜〜三十日木曜の深夜、ウィリアム・クロフォード射殺。高輪で射殺後、新宿へ運ぶ。
②三十一日金曜の宵、番匠撲殺。愛宕町。
③二日日曜の夕方、トム・マーチン撲殺。新宿。
比良坂侯爵……①高輪の現場で目撃？　一日後か？　②新橋でＧＨＱ将校と会食、③侯爵邸で

電話。

執事の立原……①高輪の現場で目撃？　一日後か？　②侯爵について新橋へ、③侯爵邸で仕事。

比良坂弘毅……①射殺後に高輪の現場で目撃、一日後か？　②未確認、③現場近くでビュイック目撃。

城野忠信……①自宅で就寝？　②未確認、③未確認。

朔耶道彦……①横浜の事務所で電話、②新橋でＧＨＱ将校と会食、③丸ノ内で将校のスタッフと面会。

鑑識係から署内電話がきた。

「硝煙反応が出ました。右手指部分がきれいに紫色です」

受話器を置いて、政義は厳しい表情になった。

「射殺事件は、これではっきりしたな。侯爵が撃って、弘毅と立原が死体を捨てに行った」

「手袋という物的証拠があれば、岩波の証言なんか要りませんね」

「いや、手袋は証拠として使えない。令状もないのに勝手に持ち出した物だから。これは自分のじゃないと言われればそれまでだ」

政義はノートを見つめる。

「番匠とマーチンの撲殺は、クロフォード射殺事件とは別の犯人によるものだ」

「未確認の、比良坂弘毅と城野忠信に絞られますね」

署内電話が鳴った。

「渡良瀬か？」

上尾署長だった。

「捜査本部に来てくれ。特高課の部屋だ」

返事をする前に切れた。

特高課の部屋へ行くと、奥の机に、四、五人の捜査幹部が座っていた。上尾は機嫌が悪かった。

「合同捜査本部起ち上げの会議に初動班が一人もいないとはどういうことだ」

「残務処理に出ていました」

警視庁の警部が冷徹な目で政義を見上げた。

「比良坂侯爵のところへ行ったそうだな」

「はい」

「勝手なことをするな。ＭＰからも禁じられたはずだ」

侯爵の手袋から硝煙反応が出たことは言わなかった。

「はい。侯爵家にはもう参りません」

「参りませんで済むか」

警部は腕組みをして体を反らした。

「この捜査からは外れてもらう」

政義は訊き返した。

「本部の捜査方針はどうなっていますか？」

部外者に教えなくてもいいだろう。

政義は上尾を見た。上尾は、がらんとした室内を顎で示した。

「全員で地道に聞き込みだ。トム・マーチン撲殺は、結局は、単純なタタキかもしれん」

政義は、そのまま立っていた。警部は苛立った。

「何か言いたいことがあるのか」

「侯爵家から情報をいただいたのですが。捨て置きましょうか」

警部は一瞬ためらい、

「何だ？」

と訊いた。

「侯爵家の土地が、現在、闇市になっています。侯爵家ではそのことを苦慮されていて」

「射殺死体が捨てられていた場所だな」

「はい。闇市を仕切っている城野という男は、侯爵の配下ですが、ひとすじ縄ではいかない人物のようです。城野を見張っておけば、何か、尻尾を出すかもしれません」

「事件に関係している可能性があると？」

「関係していなくても、城野に関して何かが出てくれば、侯爵家のお役に立ちますし」

警部は上尾と目を見合わせた。

「よし。そういうことなら、張り込め。ただし、逐一報告を挙げて、ここの指示で動け」

上尾がつけ加えた。

「それと、大阪から連絡があった。似顔絵の人物は、ウィリアム・クロフォードに間違いない、と」

「ありがとうございます」

「似顔絵があるのか？」

「大阪へ送ってしまいました」

上尾は怪訝そうに政義をうかがう。似顔絵を描けるのは射殺死体の写真をまだ持っているからなのかと疑ったのかもしれない。政義は敬礼して廊下に出た。

羽刈はどうしているのかと気になった。羽刈は、ユダを探すと言って、特高課の楠田刑事の消息を追っているはずだった。合同捜査本部の会議には出なかったようだが、その後で捕まって別の捜査に回されたのかもしれなかった。署長に訊いてみたかったが、羽刈の動きを知らないままだとしたら、訊けば藪蛇になりかねない。

廊下で待っていた須藤が並んで歩きだす。不満そうだった。

「城野さんを見張るつもりですか。立原の言葉に振り回されていませんか」

「狙いは城野じゃない」

政義は声をひそめた。

「比良坂弘毅が現れるのを張り込むんだ。昨日、城野の部屋で言い争っていただろう。譲れないとは何だ、と弘毅が怒鳴っていた。譲るとか譲れないとか、何を揉めていたんだ？」

「わかりません」

「決着がついていないのなら、二人は近々また会う」

子を思う親の心。侯爵の優しげな顔が浮かぶ。弘毅に手を出すな、その代わり、俊則を探してやる。

出入りする刑事たちのなかに羽刈の姿はなかった。政義と須藤は城野の闇市に向かった。

午後二時半。

政義は、城野の闇市の手前で、道端に寄り、足を止めた。執事の立原の言葉から、露天商のなかに、警察の動きを侯爵家へ伝える者がいると思われた。闇市を遠目に眺めた。

「あっちから見張ろう」

甲州街道のほうを指さした。

侯爵家の土地は、露店が並ぶ道と甲州街道に挟まれている。街道に沿った側は、大きな瓦礫が転がっていて、露店も出ない一画だった。

政義と須藤は、瓦礫と雑草の焼け跡を横切った。生臭い異臭と草いきれがよどんでいた。時折り雲間から陽が射すと、残暑の気が蒸れる。降りつづいた雨で地面はまだ濡れていた。

甲州街道には、トラックや馬に曳かれた荷車が往来している。先のほうに城野の白い家が見える。路肩を歩いていった。

「刑事さん」

焼け跡の瓦礫の陰から声を掛けられた。青佐雪次が立っている。

政義は、たじろいだ表情を愛想笑いで隠して足を止めた。

青佐は、空き地の雑草を抜いて、一カ所に積み上げているところだった。

「草抜きですか」

青佐は腕を振って周囲を示した。コンクリートの壁の一部が雑草に半ば隠れている。

「空襲前は、ここに食堂があったんです」

「そうでしたか。今日は、ご商売は?」

雪次は、腰を伸ばして拳で叩き、瓦礫の向こうの賑わいを振り返った。

「昼飯どきが過ぎて、しばらく休憩時間です。食材がなかなか手に入らなくてね。夕方まで閉めています」

「夜も店を?」

「街灯が点くんです。城野さんの尽力があってね。八時頃には閉めますが」

そばの雑草を引き抜いた。

「雨が降ったから、草が抜けやすい」

「再開業に向けて整備ですね」

「そうなればいいんですが」

青佐の表情に影が差した。政義は一歩近寄った。

「ひとつお訊きしてもいいでしょうか。青佐食堂で、アメリカ人が特高課に拘束されたことがあったと聞きました。そのアメリカ人たちは、よく食堂に来ていたんですか?」

青佐は、ためらってから口を開いた。

「あの日が初めてでした。電話でディナーを予約して、来店してくれました。二階の個室で歓談していましたが、メインデッシュの前に突然刑事さんが何人も踏み込んできて、有無を言わさず連行していきました」

「警察からは、事前に何か調べに来ましたか? たとえば、アメリカ人の予約が入っているか、とか」

「何もなかったです。まったくの不意打ちで」

「予約の電話を掛けてきたアメリカ人は誰でしたか? 名前は覚えていますか?」

青佐は言いよどんで、

「マーチンさんです」

視線を落とした。

「トム・マーチンを知っていたんですね」

「すみません」

力なく頭を下げた。

「マーチン商会は、ホテルの厨房に、輸入食材を納めていましたから。そのツテで、青佐食堂も開店当初、マーチン商会から食材を仕入れました。ただ、仕入れ値が高かったので、じきに別の農家から仕入れるようにしました」

「トム・マーチン個人とは？」

「マーチンさんは、うちの食堂へ客として来たことはなかったのですが、あのときは、久しぶりに電話をしてきてくれました。青佐食堂の評判を聞いた、がんばっているのでうれしい、友達が行きたいと言うのでディナーを予約する、と言ってくださって」

「昨日の午後、トム・マーチンがここのマーケットを歩いていたのは、見ていませんか？」

「いいえ。日本にいるんですか？」

驚いた顔だった。

「青佐さんは、昨日の夕方、どこかへ出掛けましたか？」

「夕方から夜は、忙しくなるので。店を離れられません」

「では、金曜の夜は？　雨が降って、人の出も少なかったですが」

「客が少なくても、店は開けていました。子供たちの晩ご飯のこともありますから。しかし、何ですか？　金曜とか、昨日とか」

「金曜の夜、番匠さんが自宅で亡くなりました。昨日は、この近くで、トム・マーチンが死にました」

青佐は唖然とし、両腕をだらんと垂らした。すぐに、目が、怒気を孕んで政義に向いた。

「私がやったと?」

返事も待たずにきびすを返し、焼け跡を歩き去った。

五

政義と須藤は、街道の道端を城野の家のほうへ歩いていった。

焼け跡に、バラックの掘っ立て小屋が十軒ばかり寄り集まっている。露店商たちの仮住まいだった。粗末な普請だが、共同井戸、便所、浴室が備わっていて、整然とした集落を形づくっている。

子供たちの声が響く。政義は瓦礫の陰からうかがった。ゴン太たちが、自分たちの住み家を造ろうと、起ち働いているのだった。四、五人の子供が、金槌やノコギリを手に、柱に板を張ろうと熱心に動いている。

子供たちに混じって、城野と青佐君江が作業を手伝っていた。二人で壁板になる細長い木切れを支えて固定し、ゴン太が釘を打って留めていく。城野は脱いだ背広を井戸端に掛け、白シャツを腕まくりしている。

「ならず者、か」

須藤がつぶやいた。

ゴン太は大きな声で指示を出す。いきいきとしている。青佐雪次は戦災孤児たちがこの焼け跡で生きていけるようにしてやりたいと語っていた。独りで雑草を抜いていたのも、食堂を再建して、その拠点を実現したい気持ちのあらわれなのだろう。

「ここがアンタッチャビルのままだったらいいですね」

須藤が、そっと言う。目は君江を追っている。政義は、須藤の切なげな横顔を見た。

「三日間で調べろ、と言われて、今日がその三日目だ」

須藤は、その話はもう済んでいますが、という目で政義を見た。

「須藤は、この事案が解決したら、どうする?」

「どうする、とは?」

「刑事の仕事を続けていくのか?」

須藤はゴン太たちの作業を眺めた。道に迷ったように視線が泳ぐ。

「どうしてそんなことを訊くんですか? 渡良瀬さんこそ、ひょっとして?」

訊き返されて返答に詰まった。

「俺か? 俺は」

「渡良瀬さん」

緊迫した声に遮られた。

街道を黒いビュイックが走ってきた。車体は砂埃と泥に汚れている。侯爵家の車だった。白い家の玄関先に乗り入れて停まった。運転席のドアが開き、比良坂弘毅が降り立った。昨日城野の部屋で会ったときから丸一日経っているが、昨日と同じ濃紺の背広で、髪も乱れ、辺りを見まわす目に落ち着きのない凶暴な光があった。玄関ドアの脇に停めてある自転車に目を留める。青佐君江がゴン太と乗っていた自転車だった。建物のドアを乱暴に開けて入っていった。

政義と須藤は路肩を走った。

弘毅はすぐに出てきて、建物をまわり、子供たちの声がするほうへ歩いていく。

君江がゴン太と歩いてくるところだった。その前に、弘毅は立ちふさがった。君江が凍りついた顔で止まる。口紅を塗った口が叫びだしそうに歪んだ。弘毅は君江の手首をつかんだ。強引にビュイックのほうへ引っ張っていく。

「やめろよ」

追いすがるゴン太を、弘毅は靴裏で蹴り倒した。ゴン太はぬかるみに転がった。

騒ぎに気づいた城野が、厳しい顔で駆けつけてくる。政義と須藤も、ビュイックのそばまで近づいた。弘毅は、運転席のドアに君江を押しつけ、城野や政義を睨んだ。眼光が異常な昂奮に輝いている。政義はゆっくりと弘毅に近づいた。

「比良坂さん、乱暴なことをしないでください」

城野も反対側からじりじりと迫っていく。ゴン太が、

「バカくそ」

と叫んで飛びかかろうとする。

弘毅は内ポケットから拳銃を抜いた。銃声が響いた。ゴン太がギャッと叫んで倒れ、城野はゴン太に覆いかぶさってうずくまった。

弘毅は銃口を政義に向けた。日本軍の制式拳銃ではない。オートマチック式の大きな軍用拳銃。米軍憲兵に見せられたコルトM一九一一A一だった。政義も須藤も銃は携帯していなかった。銃口を見つめて固まった。

弘毅は君江の耳元で凄んだ。

「子供たちを撃つぞ。おまえのせいだ」

君江は震えている。弘毅はドアを開け、君江を押し込み、助手席に座らせた。

「弘毅さん、お父上が心配なさっています」

弘毅は嘲笑った。

「親父の飼い犬になったか」

血走った目で政義を睨みつけた。

ドアが閉まる。ビュイックが急発進する。須藤が立ちふさがった。車は加速し、須藤を撥ね飛

ばした。街道を東へ走り去っていく。

「須藤」

「大丈夫です」

須藤は泥まみれになってよろよろと立ち上がり、左肩を押さえ、顔をしかめた。

城野は、ゴン太の上半身を抱き起して、顔をのぞきこんでいる。ゴン太は、しくしく泣いていた。右のこめかみの肉がえぐれて血が流れている。政義は自分のハンカチを城野に差し出した。城野は流れる血を拭き、ゴン太の傷口に押し当てた。横顔は怒りで蒼白になっている。

「電話を借りるぞ」

首を出してのぞいていた戸塚が招き入れた。政義は淀橋署に架電し、署長を呼び出した。

「比良坂弘毅が、露店の娘をつれて、ビュイックで逃走しました。甲州街道を東へ。至急手配願います」

「比良坂。侯爵家の」

躊躇する声が返ってくる。

「拳銃を持っています。米軍の、例の、制式拳銃のようです。子供が撃たれました」

「ふむ」

くぐもった声でうなる。

「わかった。非常線を張る」

六

町は暮れはじめ、署内に電灯が点いた。

三八年型ビュイックの情報はどこからも入ってこない。

合同捜査本部には、淀橋署だけでなく、愛宕署、警視庁刑事部捜査第一課の捜査員たちが忙しく出入りしている。夕五時を目途に捜査状況を報告することになっていた。捜査に参加するといった米軍憲兵の姿は見えなかった。

政義と、左腕を三角巾で吊った須藤は、片隅の壁際に椅子を据え、じりじりとした気分で報告のようすを眺めていた。

捜査員たちは、トム・マーチンの撲殺現場を中心に聞き込みをし、喧嘩出入りしていた男たち、不穏な動きをみせていた露天商たち、かっぱらいや恐喝の常習者たち、野宿者たちを片端から捕まえ、尋問しているようだった。

マーチン殺害を強盗致死の線で調べるのなら、愛宕町の番匠撲殺とはつながらなくなる。愛宕署から駆り出された刑事たちは、それが不満らしく、ひそひそと話し合っている。捜査の名を借りて新宿の闇市を解体に向けて抑制しにかかっているのではないか、と。

合同捜査といっても、捜査員のあいだにさっそく亀裂が生じている。侯爵家への捜査は、されておらず、君江を拉致した比良坂弘毅は捜査の視野に入っていない。合同捜査本部から外された政義と須藤が扱う別の事案であるらしい。

羽刈が、廊下から首をのぞかせた。奥の机で腕組をしている上尾署長に気づき、慌てて首をひっこめた。政義は立って廊下へ出、あとを追った。

「羽刈君」

羽刈は裏口へ向かっていたが、薄暗い廊下で振り返った。

「渡良瀬さん、帰っていたんですか」

「比良坂弘毅が乗ったビュイックを緊急手配してる」

羽刈は周りに目をやり、政義に一歩寄った。

「特高課の楠田さんは、やはり身を隠しています。居所を訊こうとして、他の特高課員の所をまわっていたんです。楠田さんは、慎重に潜伏しているらしくて」

政義は首を傾げた。

「どうしてそうまでして隠れるんだろう?」

「例のスパイ事件、冤罪、どころか、でっちあげのようです」

「楠田さんがそんなことをしたのか?」

「進駐軍に追及されれば、軍事裁判にかけられます」

「無実の民間人を拷問して処刑したのか。トム・マーチンがそのことを証言すれば、極刑は逃れられなかったな」

政義は考え込み、

「番匠が殺されたのは、ホテルで射殺の現場を目撃したからだろう。それに加えて、番匠はスパイ事件の裏事情をトム・マーチンに聞かされていて、軍事裁判が始まれば、でっちあげだったと証言する可能性があったんじゃないかな」

「ユダは楠田刑事です。進駐軍が上陸してきたので、軍事裁判が始まる前に、番匠、マーチン、と証人になりそうな人物を消しはじめた。自分がユダであることを隠そうとして」

羽刈は暗い瞳でつぶやく。

「何としても生き延びねば、というわけです」

政義はうなずいた。

「楠田刑事の潜伏先を、人海戦術で捜してもらおう。本部は、この辺りの露天商や野宿者をいじめているばかりなんだ」

部屋に戻ろうとする政義の腕を羽刈がつかんだ。指に力が籠っている。

「私たちでやりましょう」

真剣なまなざしだった。

「これは私たちが始めた捜査です。楠田さんの居場所の見当はついています。私たちが捕まえて、捜査本部の連中に引き渡しましょう。三日間にこだわる気はなかったんですが、これで、三日間で解決になるじゃないですか」

　羽刈はさっき捜査本部をのぞいて中へは入らなかった。政義にはその気持ちがわかるような気がした。

「私は先行します。渡良瀬さんも、比良坂弘毅のほうの段取りがついたら、追いかけてきてください」

　羽刈は、手帳を出して、南品川の住所と、旅館の名前を挙げた。大井町駅の東側は、空襲で焼けず、下町が戦前のまま残っている。その一角の旅館に、楠田は潜んでいるという。

　羽刈は裏口から出て行った。政義は合同捜査本部の部屋へ戻った。須藤は片隅の椅子で苛立たしげに座っていたが、政義を見ると、待ちかねたように立ち上がった。

「連絡がありました」

「ビュイックか?」

　須藤は、鉛筆で走り書きした紙を差し出した。

　銀座七丁目のホテルの名が記されている。銀座は空襲で焼け野原になったが、七丁目、八丁目辺りは、かろうじて戦火を免れていた。

「ホテルの駐車場に駐まっています。ホテルの部屋で、君江さんが保護されました」

「比良坂弘毅は?」

「怪我をして病院に運ばれた男性がいます。おそらく、それが」

「怪我？　君江さんは無事なのか？」

「わかりません。二人とも同じ病院に運ばれたそうです」

新橋一丁目の病院の名前も書いてある。政義は紙片を持って上尾の前に行った。

「車は出せますか」

上尾はうなずいた。

「本庁の刑事と、うちの者も連れて行け」

捜査車両のダットサンで真っ暗な焼け跡を走った。

汐留川に出ると、開けた車窓から、油臭い風が吹き込んできた。廃油が広がっているのか、川面に街灯の光がギラギラと映えていた。

新橋駅の近く、汐留川を望んで、二階建て煉瓦造りの古い外観の病院があった。

玄関前に、警察のものとわかる車が二台停まっていた。玄関を入ると、築地署の刑事が待っていた。実直な教師のような中年の男だった。

「ホテルから通報がありまして。男が二人、争っていると。巡査が駆けつけると、一人は既に逃走、もう一人は腹をナイフで刺され意識不明。一緒にいた女は、腕に打ち身がありますが軽傷です。逃走した男を緊急手配、負傷した二人は治療中です」

白衣に血の付いた白髪の医師が出てきて、政義たちを治療室に案内した。

消毒液の匂いが鼻をついた。比良坂弘毅がベッドに横たわっていた。上半身は裸で、腹部をガーゼとタオルで止血している。意識はない。顔は蒼白、呼吸は浅かった。

「刺し傷が胃に達しています。飲酒と、薬物の摂取とで、体が弱ってます。ヒロポン中毒じゃないですかね」

医師は弘毅の腕を示した。注射針の跡がアザのように点在している。

「身も心もぼろぼろですな。状態が悪化しなければいいのですが」

意識のない弘毅に声を掛けることもできず、廊下に出た。築地署の刑事が待っていた。

「ホテルでの状況ですが。男と女が、ビュイックを乗りつけて部屋に入った。しばらくして、もう一人の男が来ると強引に部屋へ入り込み、先の男と争いになって、ナイフで刺し、逃げた。まあそういったところです」

よくある痴情のもつれの刃傷沙汰だという口振りだった。

「刺された男の身元はご存知ですか」

政義がそう確かめると、刑事は表情をあらためた。

「比良坂侯爵家のご子息ですね。侯爵家には連絡済みです。これはまあ、そちらの署の案件でしょうが、この後がたいへんですな。お察しします」

侯爵家の御曹司と知って腰が引けている。

「逃げた男は?」

「ぱりっとした背広を着た、三十前後の、ちょっと凄みのある男だったそうです」

「拳銃は?」

刑事は、何のことか、と見返した。

「比良坂弘毅は、拳銃を持っているはずです」

「そうなんですか? 刺された現場に拳銃はありませんでした。車も調べましたが」

「逃げた男が持っていったんでしょうか」

「どうですかねえ。拳銃があるなら、刺される前に撃つでしょうが。女は、逃げた男を知っているみたいですが、まだ口を割りません」

「会えますか」

刑事が先導して、別の部屋に移った。廊下に巡査が立っている。ベッドが二つ並ぶ入院用の病室で、奥のベッドに、君江が腰掛けていた。右腕に包帯を巻いている。

「須藤さん、ごめんなさい」

左腕を吊った須藤を見上げ、涙をぽろぽろと落とした。

「比良坂弘毅を刺して逃げたのは、城野ですね」

政義が確かめると、君江は、唇を噛みしめてうなずいた。濃い赤い口紅がまだらになり、頬に、はみ出している。城野は、弘毅が君江をつれて立ち回りそうな場所を、自分の持つ情報網を使って、警察より早く知ったのだろう。

「城野は、なぜ比良坂弘毅を刺したんです?」

君江はうつむいた。膝の上で握りしめた拳に涙が落ちた。須藤が、なんてことを訊くんですかと責めるまなざしを政義に向ける。君江は、

「わたしを、救ってくれたんです」

と声を震わせた。

弘毅は、昨日、譲るとか譲れないとか、城野と言い争っていた。その挙句、自暴自棄になったようだ。弘毅が君江にまとわりついていると言った立原の言葉がよみがえった。

この口紅は誰にもらい、誰のためにつけていたのか。政義は君江の赤い唇に目を留めた。

「昨日の夕方、新宿駅東側の、廃墟ビルの前に、ビュイックが停まっていました。君江さんは、そこで比良坂弘毅と会っていませんでしたか?」

君江は、政義をうかがい、しゃくりあげ、うなずいた。

「はい。呼び出されました。車のなかで話をして。いろいろお誘いいただいたんですが、お断りしました。わたしが車を降りると、そのまま走り去っていきました」

「君江さんが行ったとき、比良坂弘毅は車の外に降りていましたか?」

「いいえ。わたしが先に着いて、待っていると、後から車が来ました」

「弘毅は降りなかった?」

「はい。走り去るまで、一度も降りませんでした」

「昨日の昼間に見た白人の男性を、そのとき、その辺りで、見なかった?」

「いいえ」

君江は、かぶりを振った。

「金曜の夜は？　君江さんは比良坂弘毅と一緒でしたか？」

「金曜？」

「月末の、雨の夜です」

「いいえ、わたしは、子供たちにご飯を」

尋問はもういい加減によしましょう、という須藤の強い視線を感じる。

「あとひとつだけ。比良坂弘毅が持っていた拳銃はどうなったかご存知ですか？」

「ホテルに着く前に、道端に車を止めて、川へ投げ捨てていました」

「銀座の？　汐留川？」

「たぶん」

築地署の刑事が進み出た。

「よろしいですか。この娘さんから事情を聞き取って、問題がなければ、帰ってもらっていいでしょう。城野という人物について、話を聞かせてほしいのですが」

須藤が振り向いた。

「俺が話します」

政義はうなずいた。

「俺は、これから羽刈君と合流する」

悄然とうつむく君江を残して、病室を出た。

七

羽刈が教えた旅館は、南品川の、旧東海道から街路を少し入った町なかにあった。

古い木造の宿で、長い歳月に建て増しを繰り返したのか、二階建ての家屋が折れ曲がって伸び、街灯に照らされる屋根瓦も所々で色合いが異なっている。

政義は路上で腕時計を見た。午後七時半。旅館の窓は、半数ほど明かりが灯っている。羽刈の姿は見当たらなかった。格子戸を引き開けて、土間に入ると、帳場から白髪の老人が顔をのぞかせた。

「羽刈という人が来ていますか」

「ああ、どうぞ」

帳場のそばの客間に案内した。

六畳の部屋で、羽刈は、壁にもたれ、座布団の上で胡坐をかいていた。畳の湿っぽい臭いがした。老人が襖を閉めて帳場へ戻っていくと、羽刈は、

「時間が掛かりましたね」

何か展開があったのかという顔になる。

「比良坂弘毅が銀座のホテルで見つかった。追いかけてきた城野に刺されて、意識がない」

「それじゃあ、弘毅からの供述はすぐには得られませんね」

「楠田さんは？」

「田中と名乗って、二階の端部屋に籠っています。行きますか」

羽刈は、立って廊下に出ると、帳場へ戻り、老人に声を掛けた。

「田中さんに会いたい。協力願います。一緒に行って、襖を開けさせてください」

老人は、こういうことは初めてでもないというふうに事情も訊かず、先に立って階段を上がり、廊下の板をぎしぎし鳴らして奥まで進んだ。

「田中さん、お布団を敷きますから」

襖戸の向こうへ、しわがれた声で呼ぶ。

「田中さん、起きてますか」

何度か呼んだ。襖戸は、引いても開かなかった。

「内側に掛け金が付いておるので」

と老人はつぶやいた。羽刈が、

「開けてください」

とささやいた。老人は、尻ポケットから、名刺のような紙を出し、戸と柱の隙間に差し込み、下から上へと滑らせた。掛け金が外れ、羽刈と政義は六畳間へ踏み込んだ。

無人だった。座卓の灰皿に、煙草の吸殻が山になり、室内は煙臭い。少し前まで人がいた気配だった。羽刈は曇り硝子の窓を開けて外を見た。旅館の裏は、隣接するビルディングのコンクリート壁だった。政義は窓の下をのぞいた。暗い地面に動く影はない。

「ここから地面へ飛び降りて逃げたようだ」

廊下に出て、政義は羽刈と当惑した顔を見合わせた。

「緊急手配だな」

羽刈は顔を寄せ、

「隣りのビルを見ましたか」

小声で言った。旅館の裏のビルディングは、四階建てで、見える限りの窓は暗かった。この辺りは戦火に遭わなかったので廃墟ビルではない。何かの会社の建物で、社員が退社して玄関を閉めた後だろう。

「非常階段に、人影があったような」

旅館の玄関を出て、裏手へまわってみた。

境の板塀に、裏木戸がある。錠が開いていた。ビルディングのある敷地へ入った。

ビルディングの側面に、鉄の非常階段がある。誰かが隠れていないかと目を凝らしたが、階段のまわりには、人影も何もなかった。見上げても階段の上のほうは暗くてよくわからない。政義は、靴を脱ぎ、足音を立てないようにゆっくりと上がっていった。羽刈も遅れて上がってくる。

鉄のドアは、どの階も、ドアノブを回すと施錠されていた。踊り場には、防火用の、砂を入れた袋が積んであるだけだった。

四階に至ったが、人の気配はなかった。非常階段は屋上に続いている。政義は、屋上の縁を見上げた。

どこかで、どさっという音がした。政義は急いで屋上に上がった。平らなコンクリートの屋上で、人影はない。羽刈が上がってきた。

「音がしなかったか？」

羽刈は硬い顔でうなずいた。政義は、屋上の縁に立って、地上を見下ろした。

正面玄関の張り出し屋根の横に、車を駐める空き地がある。暗くて、はっきり見えないが、そこに何かが横たわっている。人が倒れていた。

政義は非常階段を駆け下りた。靴を履くと、砂袋を飛び越して、正面玄関のほうへまわった。

男が倒れていた。鼠色の背広に、焦げ茶のズボン、踵のすり減った革靴。手足を、踊っているみたいに曲げていた。

死者の顔をあらためた。初老の男。特高課の楠田刑事だった。目と口を開け、鼻と、割れた頭から、血が流れて地面に広がっている。驚愕したような死相だった。

羽刈は、じっと楠田を見下ろし、屋上の縁を見上げた。

「我々が、追い詰めてしまったんでしょうか」

政義の脳裡に、署内の更衣室で見掛けたときの、楠田の瞳に浮かんでいた怯えの色がよみがえる。

天と地がひっくり返ったんだよ、俺たちにとっちゃあ。

政義は、楠田の背広とズボンのポケットをあらため、暗い地面を見まわした。砂袋が影になってうずくまっている。書置きめいた物はなかった。

「ユダまでが」

羽刈が暗然とつぶやいた。

八

所轄の品川署から刑事たちが来て現場検証を始めた。

羽刈は、トム・マーチン撲殺の事案、マーチンを知っていた可能性のある特高課員を探していたこと、楠田が戦前戦中に検挙した者たちの報復に怯えて隠れていたことを説明した。スパイ事件や捏造疑惑については何も言わなかった。

淀橋署の上尾署長が刑事たちをひきつれて車で来た。上尾は、追ったのも、死んだのも、自分の部下の刑事たちだと知り、表情を強張らせていた。

政義と羽刈は、所轄署員にしたのと同じ説明を上尾にもした。上尾は、怒ればいいのか、嘆けばいいのか、心が定まらないふうだった。

「楠田は、渡良瀬たちのことを、進駐軍の命令で捕まえに来たと勝手に勘違いしたんだな。つまらん妄想に怯えたか」

死体が所轄署へ運ばれていくのを力のない目で見送った。

「あっちでもこっちでも。長い夜だ」

政義には、ねぎらいの表情をわざとらしくつくってみせた。

「ここまでよくがんばってくれた。後は捜査本部に任せて休んでくれ」

これ以上独断で突っ走って捜査全体を歪めるな。内心で苦々しく思っているのが言葉の端々に感じ取れた。

政義と羽刈は、上尾たちから離れて、電車で淀橋署に帰った。

夜の十時近かった。合同捜査本部の特高課室は電灯が消えていた。

刑事課で、うたた寝をしていた須藤が起き上がった。

「お疲れ様でした。楠田刑事は、残念でした」

政義は腰を下ろし、ふうっと息を吐いた。

「君江さんは?」

「家まで送り届けました。お父さんもゴン太たちもいるから、大丈夫ですよ」

「ゴン太はもう平気なのか？」

「他の子らの手前、かすり傷だって強がってます。傷がうずくみたいですがね」

政義は椅子の背もたれに身をあずけた。

誰も口をきかなかった。机上に須藤のノートが広げてある。比良坂弘毅の項目を「③現場近くで青佐君江と話し、ビュイックで去る。」と書き換えてある。

城野忠信の項目だけが、「②未確認、③未確認。」のままだった。合同捜査本部は、指名手配の城野を捕まえて、一連の事件の犯人だとするだろう。番匠の家から逃げ出して捕まった木谷初太郎を番匠殺しの犯人とするかもしれない。署長に覚悟があれば、楠田刑事の過去を調べてスパイ事件の真相と今回の事件を結びつける可能性もある。いずれにせよ、侯爵家の名前が表に出ることはないにちがいない。

疲れ切っていた。羽刈と目が合うと、羽刈も疲労困憊で、弱々しい笑みを浮かべた。須藤も、疲れて寝ぼけた顔を、微苦笑のように歪めた。

比良坂弘毅は意識不明、楠田刑事は死亡。追っていた方向に、突破口はもうない。

政義はごそごそと背中を動かした。

「明日は休もう。須藤も、羽刈君も、ゆっくり体を休めてくれ」

羽刈は、やるべきことはすべてやったというふうに、どこかさばさばした表情を浮かべた。須藤は大きな口を開けてあくびをした。

「帰って寝ろよ」

「遅くに帰ると、居候の身で、気を遣います。今夜はここで寝ます。明日はゴン太と深川へ行こうかな。正美の友達が生き残っているので、詳しく話を聞いてみたいんです」

「正美?」

「妹です。空襲の夜、正美がどの道を逃げたか、友達に訊いて、たどってみるつもりです。渡良瀬さんは、休暇を?」

「そうだな。登美子と浜松へ行ってもいいな」

「浜松ですか」

「息子が特攻で出撃する前に、浜松で見送ったんだ」

登美子と浜松へ行って、もうこの仕事には戻らない。その選択肢が不意に現実味を帯びて胸に迫った。

「羽刈君も休んでくれ」

「楠田さんの家に挨拶に行ってきます。渡良瀬さんは休んでください」

「いいのか」

「短いあいだですが特高課で一緒でしたし。それだけ済ませたら、私も休みます」

「羽刈君は、奥さんは信州に疎開したままだったな。迎えにいけばいい」

「そうですね。そろそろ迎えに行こうかと思っていました。でも英子はいまの東京を怖がっているかもしれません。いっそ私のほうが、小布施へ移ろうかとも」

「転勤か」

「転職するかもしれません」

政義は、がっくりと座り込んだまま、もう立ち上がる気力も無くしそうだった。

「よいしょ」

年寄りじみた掛け声を掛けて立ち上がり、

「おやすみ」

刑事課の部屋を出た。

帰宅したのは真夜中に近かった。家のなかは暗かった。登美子はもう寝たのだろうと考え、そっと廊下を歩いた。寝間の襖を少し開けてのぞくと、布団が敷かれていない。登美子の姿もなかった。政義は電灯を点け、がらんとした部屋を見まわした。

「ただいま。登美子？」

他の部屋も見てまわったが、登美子はいない。家内は無人だった。台所に、夕飯の用意もない。ちゃぶ台に、紙片が置かれてあった。

浜松へ行ってきます。登美子
政義は食器棚を開けてみた。登美子は出掛けて帰りが遅くなりそうなときは食器棚のなかにおかずやおむすびを用意していくのが常だった。何もなかった。おそらく、夕飯のしたくに間に合うように帰ってくるつもりで浜松へ出掛けたのだろう。たぶん、朝から。

政義は、今朝の登美子のようすを思い出そうとした。署で徹夜して、朝方、朝食と着替えのために帰宅したとき、登美子は、昨晩ヒラサカという人物から電話があったと告げた。登美子は、憑かれたような目に厳しい光を宿して、俊則が帰ってくるの、とたずねた。厳しい光のなかに政義への不信の色が混じっていた。

その後で、登美子は浜松へ向かったのだ。

政義は懐中電灯をもって玄関を出た。深夜の道を、代々木駅まで歩いた。駅舎は暗く、閉ざされていた。駅舎の軒下で眠る野宿者を照らし、駅前の人けのない闇市や焼け跡に、細い明かりを投げかけた。

道の左右に光を投げながら家に戻った。鍵は掛けず、玄関と寝間の電灯を点けておいた。敷布団を延べて、服を着たままで横になった。まんじりともせずに天井板の木目模様を眺めていた。

「冷たい父親だと思っているんだろう」

言葉が口を洩れて出た。

「立派な、尊敬すべき警察官だと？」

言葉は、しんとした真夜中の静けさに吸い込まれる。

「尊敬する父をみならって特攻を完遂したんだったら、俺は間違ったお手本を見せてたんだ。クソ。もっと早くに辞めればよかった」

木目模様を眺めているうちに、いつのまにか灰色の浅い眠りに落ちていた。

第六章　九月四日 火曜日

一

物音で目を覚ました。

朝になっていた。政義は、はっとして起き上がり、台所へ行った。登美子が朝食の用意をしていた。いつもの朝のように、割烹着をつけている。政義を振り返ると、

「ごめんなさい。帰りの汽車がなくなってしまって」

青白い疲れた顔で謝った。

「あの旅館に泊まったの。家に電話したけれど、あなたまだ帰っていなくて」

二人で俊則と最後の日を送った旅館のことだった。

「ああ、いや、それで、どうだった？　何かわかったか？」

味噌汁の良い匂いがする。登美子は寂しそうに微笑んだ。

「いいえ。何も」

政義は顔を洗い、登美子と朝食をとった。初秋の朝風が入ってきた。

「今日は休みが取れた」

「あら、もう一日待てばよかったわね」

登美子は穏やかに言った。

「あなた、このところ忙しそうでしたから。事件は無事に解決?」

「捜査体制が大きくなって、休むゆとりができたんだ。今日は何曜日だっけ」

「火曜日ですよ」

政義は味噌汁をひとくち啜った。具材はさつまいもだった。噛むと甘味がある。

登美子は、ひと晩でやつれたようだった。

「汽車は、どうだった?」

「混んでたわ。買い出しの人や、復員兵で、すし詰めで。途中で何度か停まってしまうし」

疲れ果てたふうだった。政義は言った。

「一昨日の電話なんだが、米軍の捕虜になった特攻隊員の名簿があるというんで、確かめてもらっているんだ。まあ、どこまで本当なのかわからないけど」

「そうなの……」

思ったほど関心を示さない。疲労のせいなのか。それとなくうかがうと、浜松へ行く前には、何かに憑かれた光が目に宿っていたのが、洗い流されたように、薄れている。

「浜松には何も残っていなかったわ。町も、飛行基地も焼けて。何もかも、きれいに」

悲しげだが、しっかりとした口調だった。

玄関で電話が鳴った。政義は、急いで立っていき、受話器を取った。

「おはようございます。須藤です」

勢いの良い声があふれ出た。署内で寝ると言っていたが、署から掛けてきたらしい。

「城野が出頭してきました」

「自首を？」

「はい。比良坂弘毅を刺したナイフを持って。渡良瀬さん、尋問に来られますか」

政義は、ためらった。

「いや、任せるよ」

「そうですか。了解しました。すいません、お休みのところを」

意気込んでいた声が、拍子抜けしたように尻すぼみになり、通話は切れた。

政義は受話器を置いた姿勢で、じっと立っていた。登美子が背後に来た。

「お仕事？」

「いや、うん、ちょっと出掛けてくる」

「職場へ？」

「いや。気になることが残っていて、すっきりとしないんだ」

体を拭いて服を着替えた。

省線で新橋まで行き、昨夜の病院を訪ねた。

玄関前の植え込みに、復員姿の男たちが五、六人座り込んで、シケモクを回して吹かしている。片手、片足を失った者ばかりで、包帯を替えてほしくて集まってきたようだった。

「煙草、持ってないかね」

一人が訊いてきた。

「吸わないんだ」

傷痍軍人は、じいっと政義を見上げた。

「あんた刑事だな。目が刑事の目だ。隠せないね」

政義が黙っていると、玄関の奥を手で示した。

「比良坂大尉がここに入院してるんだ」

畏敬のまなざしだった。

「上陸してきた米兵と刺し違えたそうだ」

自分の手柄のように誇らしげに教えた。

比良坂弘毅は入院棟の個室に移されていた。意識が戻り、白い天井を見つめていた。政義が入っていくと、血走った目だけ動かし、

「しつこいんだ、犬は。何もないところに鼻を突っ込んでもエサはないぞ」

毒づいたが、声に力がなかった。顔色は真っ白で、怒った表情は薄い膜が被っているようで迫力がない。政義はベッドの枕元に立った。

「拳銃はどこです？」

「失くした」

「コルトM一九一一A一。米軍の制式拳銃でしたね。どこから入手しましたか？」

「何のことかわからん」

「一昨日、城野の部屋でお会いしましたが、そのとき、城野と言い争っていましたね。譲るとか、譲らないとか。あれは、何のことでしたか？」

弘毅は天井を睨んだ。

「君江さんのことですか？」

弘毅は顔を歪めた。歪みは、歪んだ笑いになる。

「女は、おまけみたいなもんだ。コバンザメだ。勢いのある、強いやつに、なびいて、くっついていきやがる。つまらん生き物だ」

「争っていたのは君江さんのことではないと？」

「犬に教える筋合いのものじゃあない」

「別の争いごとがある？　それが、城野があなたを刺した動機ですね？」

「あいつは野良犬だ、焼け跡でエサを漁る野良犬だ。撃ち殺しておけばよかった」

執事の立原が入ってきた。弘毅が興奮していると見て取ると、政義を睨んだ。

「絶対安静と言われています。出てください」

「お答えをいただきたいのですが」

「私が答えます」

立原は、廊下に先に立ち、ついてこいと促した。

一階の正面玄関を出た。立原は、傷痍軍人たちを避け、奥まった植え込みの前まで歩くと、煙草を吸いはじめた。弘毅の病室らしき窓に向いて、煙を吐いた。侯爵邸で会うときよりも、ふてぶてしい横顔だった。

「傷の具合が思わしくないんです。御前様が、病院を変えようとして、手配しているんだが、陸軍病院が米軍に接収されるとかで引き受けてもらえない」

困っているのだというふうに口を曲げた。政義は訊いた。

「弘毅さんは、城野と何を争っていたんですか?」

「争っていた?」

「譲れとか譲らないとか、言い争うのを聞きました」

「ああ。土地ですよ。新宿の」

「マーケットの?」

「そう。城野は、焼け跡の管理を任されてマーケットを開いたが、侯爵家では、あそこを整地して、比良坂第二ホテルにしようと考えている。これからはアメリカさんがどんどん来るから。ところが、城野が立ち退きを渋っている。露天商どもと結託して、明け渡さないとがんばってる。闇市のボスになって、成り上がろうとしているんだ」

「侯爵家は、焼け跡から立ち退けと？」

「こうなると不法占拠だ。警察も、露天商たちに立ち退き命令を出すんでしょう？」

「あそこで暮らす人たちが路頭に迷うことに」

立原はジロリと政義を見据えた。

「刑事さん、あんた、御前様の手袋を盗んだでしょう」

急に話題を変えた。

「違法捜査だ。いや、あれがただの窃盗だとしたら、あんた、窃盗犯じゃないか」

横目で反応を見ながら、煙草をひと口ゆっくりと吹かした。政義は言った。

「伯爵の手袋から硝煙反応が出ましたよ」

「手袋から？」

立原は、ぎくりとひるみ、

「いや、しかし、その手袋は、伯爵が嵌めたものかどうかは証明できない。それに、その手袋を嵌めた人物が、いつ、どこで、どの銃を撃ったのかも」

「いまあなたが、御前様の手袋、と言ったじゃないですか。そんな言い訳は進駐軍には通じませんよ」

政義は冷淡に言い放った。

「米軍憲兵隊は、敗けた国の貴族なんか何とも思っちゃいない。侯爵もあなたも、容赦のない尋問を受ける。朔耶さんや、岩波も、芋づる式に」

立原は、目をきょろきょろとさ迷わせ、煙草を落とし、踏みにじった。政義は言った。

「侯爵はB二九の搭乗員だった米国人捕虜を撃ち殺した。捕虜を殺されたら、アメリカは許さない。どんなに政治的な裏工作をしようが、かえって進駐軍の心証を害するばかりだ」

立原の目は訴える目に転じて政義を見た。

「違うんです。御前様が撃ったんじゃない」

「では、あなたが撃ったんですね」

「違う。私でもない。誰だかわからないやつらが撃って、逃げていったんだ」

「まだそんな子供だましを」

「本当です。ホテルの、あの現場を調べてもらえればわかる」

朔耶が改装工事と称して証拠隠滅を図ったことを思い出したのか、立原ははっとなった。

「工事が入る前に、我々は現場の応接室を調べましたよ。すべて見ました。手袋に硝煙反応も出た。クロフォードは、比良坂ホテルのあの部屋で侯爵に撃たれたんですね?」

「しかし、御前様じゃありません、私でもない」

弱々しい声で言った。

「クロフォードは、なぜホテルに居たんですか？」

「恐喝ですよ」

立原は小刻みに震える指で煙草をくわえ、ライターで火をつけた。煙を深く吸い込み、

「クロフォードは、土曜日に比良坂ホテルに現れたんです」

「八月二十五日の？」

「そう。道彦さんが応対すると、あいつ、侯爵家がトム・マーチンを陥れてマーチン商会の資産を横領した、と言い募ったんです。損害を償え、そうしなければ進駐軍に訴える、と。道彦さんは、進駐軍に今後のことをいろいろと働きかけようとしていた矢先だったので、困ってしまって。とりあえずクロフォードをホテルで寝起きさせて、御前様と善後策を相談しました。クロフォードはそのあいだに、新宿の御用地を見に行ったりして、あのマーケットを自分に安価で払い下げろなどと勝手なことを言い散らしていました」

恐喝者への怒りがよみがえったのか、険しい顔で煙を吸い、鼻から吹く。

「それで、とりあえず、現金で一時金を支払うことになって、あの夜、御前様と私が、タクシーでホテルまで会いに行きました。道彦さんは横浜へ行っていて、ホテルにはクロフォードしかいないはずでしたが」

煙草を落として踏みにじった。すぐに次の一本に火を点ける。

「ホテルの裏門から、従業員の控え室に入ったとき、銃声が響きました。私は逃げ出そうとしたのですが、御前様はさすがに肝が座っていらっしゃって、事務室に入っていきました。隣りの応接室との境のドアが開いていました。応接室は、電灯が点いていなくて暗かった。御前様は入って行って、床に落ちている物を拾い上げました。拳銃でした。暗い床に、人の足が倒れてのびていました。御前様が、おい、と声を掛けると、ガチャッと音がして、バタバタと靴音がしました。誰か、応接室の暗がりに身を潜ませていたやつらが、ドアを開けて、通路に逃げ出したのです。御前様は音のするほうに銃を撃ちました。足音は玄関ロビーのほうへ遠ざかり、窓から外へ逃げていったようでした。私が応接室の電灯を点けると、クロフォードが倒れていて、既に、死んでいたのです。倒れていた場所は、御前様が撃った方向ではありません」

立原は、政義が信じるだろうかとうかがっている。

「誰がそこにいたのか、知らない？」

「もちろんです。クロフォード一人だと思っていました」

「侯爵か、朔耶さんかが、その誰かを呼んだのですね？　誰がいたのかご存知のはずだ」

「こちらが犯人を庇う理由がないでしょう」

番匠を打ち合わせと称して呼んだことはどうしても認めないつもりだ。

「つまり、誰かがクロフォードを射殺した、侯爵は偶然、時を同じくしてそこに入っていった、ということですか」

「そういうことです。誰が何のために撃ち殺したのかは知りません。しかし、現実に、死体が比良坂ホテルにある。クロフォードがホテルにいた理由を警察や進駐軍に探られては困ります。私は、御前様にはお帰りいただいて、弘毅様に車で来ていただき、一緒に死体を捨てに行ったのです。応接室の処理は、後日、道彦さんがなさいました」

「なぜ死体をわざわざ侯爵家の焼け跡に捨てたんです？」

「見知らぬ土地に捨てて、容赦のない捜査にさらされるより、あそこなら、城野が、言われなくても事情を察して、上手く取り計らうだろうと期待したんです」

「その点では城野と結託した？」

「結託じゃない」

苦笑し、

「同じ穴の何とかですよ。郭だって脛に傷をたくさん持つ身だ」

上手くいけば城野が逮捕されて土地を取り戻すのに障害が減ると計算もしたのだろう。

「あなたは、誰だかわからないやつらが撃った、と言いましたが。やつら、ということは？

撃って逃げたのは、一人ではない、と？」

「逃げていく足音は、一人ではないように聞こえました。どうも二人組だったような」

立原は、すべてを言ってしまって少し落ち着いたのか、

「私たちのしたことは、事後共犯にも当たらない。犯人を知らないんだから。死体遺棄と、犯行現場を保存しなかった罪には問われるでしょうが」

余裕の表情を浮かべた。政義は言った。

「それでも、侯爵家は罪に問われます。進駐軍が調べれば、戦前戦中の所業も明らかになる。マーチン商会の資産横領は氷山の一角でしょう。在日アメリカ人の資産を」

立原は、ふん、と鼻で笑った。ふてぶてしさが戻り、増している。

「驕れる者は久しからず、猛き者もついには滅びぬ、だな」

「何ですか？」

弘毅の病室の辺りを、あなどるように眺めた。

「比良坂家はね、戦国時代は、立原家の家臣だったんですよ。下剋上で、主従逆転して、立原家はそこからずっと比良坂の家老職だった。何百年ぶりでそれも終わるか」

これでさっぱりしたというふうな自嘲を浮かべた。

「いままた時代が大きく変わる。そういう時期なんだねえ」

背中を向けて院内に戻ろうとし、政義を振り返った。

「淀橋署でしたね。私は逃げません。話しに行きますから。ああ、それとね、刑事さん」

憐れむようなまなざしを向けてくる。

「特攻隊員の捕虜名簿。あんなもの、あてにしちゃ駄目ですよ。存在しません。御前様がよく使う手だ。ああやって人を操るんですよ。お気の毒に。へんに期待を持たせて、ねえ」

立原は、短くなった煙草を植え込みに投げ捨て、玄関に戻っていく。傷痍軍人たちが手を伸ばして煙草をねだったが、目も合わさずに建物のなかへ消えていった。

二

政義は、木谷初太郎に描かせた地図を頼りに、山内しげの家を訪ねた。

芝区愛宕町。板塀に小さな冠木門のある、地味な木造平屋だった。番匠の家に雰囲気が似ていた。時刻は正午前になっていた。

玄関に出てきた山内しげは、木綿の灰色の着物に濃紺の帯を締めていた。薄化粧をしているが、疲れていて、目が腫れぼったい。

「番匠さんは昨日荼毘に付しました。親戚もいないようですので、さしでがましいんですけど、わたしが、お寺さんにお願いして、お経をあげてもらいました」

政義を六畳の客間に入れ、座布団を出した。

「お取り込みのところをお邪魔します。少しお訊きしたいことがありまして」

しげは、畳の上に端座した。

「番匠さんは、二十八日火曜と、二十九日水曜と、二回ホテルの打ち合わせをしに行った、ということでした。火曜は、昼頃に、おそらく品川駅辺りで、ホテルの支配人と会って仕事を依頼された。水曜は、夜に、ホテルへ行った。そうでしたね？」

「ええ」

「しかし、水曜の夜は、ホテルには支配人はいませんでした。番匠さんは、ホテルにいた誰と会ったのか、わかりませんか？」

「さあ、そこまで詳しくは」

「そのとき、番匠さんは一人でホテルを訪れたのではないようです。少なくとももう一人、番匠さんと一緒にホテルへ行った人物がいる」

「誰かしら？　木谷さん？」

「いえ、木谷以外に。番匠さんは、今度の仕事に関して、木谷の他にも、声を掛けている人物がいましたか」

　しげは、畳を見つめて考えていたが、首を振った。

「わたしは聞いていません」

「ホテルに行った次の日、番匠さんは何も言ってませんでしたか？」

「何も。わたしが、どうでしたか、と訊くと、うん、まあ、って言葉を濁して。何か考え込んでいるみたいで。仕事の話が上手くいっていないのかと思って、それ以上は訊きませんでした。尻が痛い、とか、ぶつぶつぼやいてました」

「お尻に怪我をしたとか？」

番匠は侯爵に撃たれホテルから逃げ出す際に尻もちでもついたのかと思った。それはそれで立原の話を裏付けできる。

「ごめんなさい、お役に立てなくて。番匠さんを手に掛けたのは、やはりアメリカ人でしたの？」

「犯人はまだ捕まっていません」

しげは暗い目でうつむいた。

「番匠さんは、何か、アメリカ人とかスパイとかについて話さなかったですか？」

「スパイ？　いいえ」

しげは、しばらく黙って、

「そういえば」

思い出す目になり、

「女がつらい目に遭う」

とつぶやいた。

「戦争中、空襲が盛んだった頃、山の上やビルの上で旗を振って敵機を誘導するスパイがいるって噂がありましたでしょ」

「ありましたね。デマだったんでしょうが」

「番匠さんとそんなこともあったねと雑談をしていたときに、わたしが、戦前はアメリカ人の商売人がスパイだったというじゃないの、と言うと、番匠さんは、怖い顔になって。そうだ、とも、そうじゃない、とも、何とも言わなかったんですが、ぽつんと、女がつらい目に遭う、と」

「女がつらい目に？　スパイの話題とは、つながっていないですね」

「そうなんです。ただの雑談だったけど、怖い顔になって全然つながらないことをつぶやいたので、かえって覚えているんです」

「その会話は、いつ？」

「終戦の後、すぐの頃だったかしら」

聞いた者が、つながらないと感じても、言った本人の内では、つながっている話だったにちがいない。ホテルに出入りする業者を仕切っていた関係で、トム・マーチンがスパイ事件に関わったことを、番匠が知っていたのは有り得る。番匠は、しげとの雑談で、このスパイ事件の記憶が頭をよぎり、ぽつんとつぶやいたとも考えられる。

女がつらい目に遭う。

トム・マーチンの周囲で、つらい目に遭った女。

政義が思いつくのは、トム・マーチンの日本人の元妻だった。マーチンとはひと回り以上年が離れていた。東京の女学校の英語教師だったのを、マーチンに見染められて口説かれた。若くて、かわいくて、よく店番をしていた。近くのダンス・ホールにもマーチンと出掛けていた。けれども、マーチンが収容される前後、つまり真珠湾攻撃の前後に、離婚したらしい。政義が聞き集めたのはその程度だった。

「女がつらい目に遭うんです」

しげは自分のことのようにつぶやいた。

政義は、しげに頼んで、番匠の家に立ち寄った。奥の間の仏壇に置かれた白木の箱に手を合わせた。番匠の遺影はなかった。二人の軍服姿の息子と妻の遺影が、長押の上から見下ろしていた。

番匠の家を辞して、新橋駅へ歩いた。

道端に露店が並んでいる。背景には焼け跡が広がっている。トム・マーチンの元妻のことが頭に残っていた。トム・マーチンは、復讐をしに、ユダに会いに行く、と言って東京へ向かった。淀橋署の特高課を訪ねたので、ユダとは特高課の楠田刑事ではなかったかと考えられている。日米開戦の前、楠田が、マーチンを利用して、スパイ事件をでっちあげた。番匠は、そのスパイ事件に絡んで、女がつらい目に遭う、と言った。女。マーチンの元妻が事情を知っている可能性がある。

政義は独りで苦笑いした。

「いや、もう、きりがない」

引っ掛かることは心に次々に湧いてくる。きりがなかった。

淀橋署に立ち寄った。合同捜査本部のある特高課の部屋には行かず、刑事課の自分の机に就いた。須藤の姿も羽刈の姿もなかった。同僚の刑事が声を掛けてきた。

「休みじゃなかったのか」

「ちょっと荷物を取りに寄ったんだ」

その刑事に、立原が言ったことを伝え、本人が出頭して自供すると言い置いた。

荷物を取りに寄ったというのは本当だった。辞表を出す前に、私物を片付けようと考えていた。もともとそれほど私物を置かない机を、整然と片付けた。脇机の引き出しに、茶封筒を入れたままだった。須藤の撮った数枚の写真が入っている。瓦礫の山の袋小路に投げ捨てられていた死体。

政義はあらためて死体の写真を見た。

首をねじって、空を見上げている。痩せて、目が落ちくぼんでいた。唇を歪めている。現場で見たとき、瓦礫の底から天に罵声を浴びせているようだと感じたのを思い出す。

ウィリアム・クロフォード。ウィルさん。B二九爆撃機に乗っていて、不時着し、戦争末期に捕虜になっていた。政義は、その死に顔を見つめた。罵声だけではない、どこか、悲しげな色が浮かんでいたふうにも感じる。

ウィルさんは瓦礫の底から天を見上げている。俊則は、最期に、どこから、どんな空を見上げたのだろうかと想った。ウィルさんは、大阪からどんな旅路をたどり、どんな無念の思いを抱いて死んだのか、そんな想いがいまになって胸に迫った。

茶封筒を引き出しに戻した。

受話器を取り、交換手に、遠距離の通話を頼んだ。羽刈が記した大阪の警察署だった。ウィリアム・クロフォードの動向を調べた刑事に、話を聞いておきたかった。つながった相手は、中年の、しわがれた声の刑事だった。政義が、似顔絵の身元確認の礼を述べると、

「確認の電話をおたくの署へ入れさしてもろたら、射殺された、て聞かされて、びっくりしました」

と言った。政義は言った。

「クロフォードは、横浜へ行く、とだけ言って、詳しい話はしなかったということですが、大阪の知り合いの所に居たあいだに、何か他のことは言わなかったかと、気になりまして。どんな些細なことでもいいんですが」

「そのことですよ。射殺されたと聞いて、私も気になりましてね。身を寄せてた貿易商のところへクロフォードが死んだと知らせに行ったついでに、あらためて訊いてみたんです」

「どうでしたか」

「クロフォードが横浜で働いてた頃に仕事を通して知ってた仲ですけど、あの頃とは人が変わったみたいやった、て言うてました。戦争前の若い頃は、明るくてまじめで優しい好青年やったのに、解放後は、荒んで、日本人に敵意むきだしで、捕虜のあいだ、よっぽど酷い目にあわされたんやなと思たそうです」

「日本人への復讐心を抱いて横浜へ向かったということですか」

受話器の向こうで、

「そうなんですが。ううん」

ためらうような息が洩れた。

「それが、そうでもないような話もありまして。これ、上手く伝わるかなあ」

「どういうことです?」

「荒んではいたんですが、あるとき、ふっと悲しそうな顔になって、まだ日本人を信じたい、と言うたことがあった、と」

「まだ、信じたい?」

「あるとき、いちめんの焼け野原を眺めて、どうしてこうなったんだろう、と言うたそうです。まだ日本人を信じたい、焼けていなければ見に行ってみたい、とつぶやいた、と」

「何を見に?」

「それはわからんのですがね」

「つまり、クロフォードは、復讐心を抱いてではなくて、何か、心の救いになるものを期待して、横浜へ向かったと?」

「そういうことかもしれません、これだけではわかりませんけど。復讐したくもあるが、そんな殺伐とした心が救われたくもあるというか、まあ、どっちの気持ちもあったかもしれません」

ウィルさんは、心の底には戦争前の良き日本の思い出が刻まれていて、それをまだ信じているところがあったのだ。信じたいといった気持ちが。復讐心がウィルさんを呑み込んでしまったのは、横浜でトム・マーチンがどんな目に遭ったかを知ってからのことだろう。

受話器を置いて、

「ウィルさんはそれを見たのかな」

独り言をつぶやいた。

「焼けていなければ？」

焼けていなければ見たい。

思い当たるものがあった。横浜のマーチン商会の近くにあった大きな木だ。あの場所を、ウィルさんは好きなようすだった。木の幹に、名前を刻んでいた。俊則の名前も刻んでくれた。日本人との良い思い出といえば、あの場所、あの木なのではないか、と思った。

「いや、それは、俺の思い出なんだ」

自分に言い聞かせ、立とうとしたが、ためらう顔になった。

心に引っ掛かっていることが、どうしても、そのまま捨てておけない。

「女がつらい目に遭う……マーチンの妻、確か……」

ふっと思い当たる目になり、

「きりがないな」

自嘲するようにつぶやき、また受話器を取った。

横浜の加賀町警察署につないで、用務員の竹中を呼び出してもらった。

「淀橋署の渡良瀬です。お話を聞かせていただいてありがとうございました。それで、もうひとつだけ、トム・マーチンの元妻に会いたくて……はい、消息を、何とかして知れないかと……」

ノートと鉛筆を取って、メモを取り、礼を言って通話を切ると、横浜市役所に掛けなおし、戸籍課で問い合わせた。

受話器を置き、太いため息をついた。

「つながってきたな」

目が険しくなっている。

「渡良瀬刑事」

廊下から声をかけて、鼈甲縁の眼鏡を掛けた背広の男が入ってきた。

「出勤していましたか」

米軍憲兵隊に付いている日本人通訳だった。合同捜査本部の特高課の部屋に米軍憲兵が来ているのだ。部屋は離れているので刑事課の前をたまたま通りかかるということはない。この男は自分を探して来たのだとわかった。

「教えてほしいことがあるんですが」

通訳は、そばの椅子に座り、周りに人がいないのを確かめた。

「渡良瀬刑事は、比良坂侯爵や朔耶支配人について調べていると聞きました」

「私は捜査から外れましたよ」

「しかし出された報告書には侯爵に関することが書かれていません」

「それがＧＨＱの方針でしょう」

通訳は椅子に背を預け、尊大な表情になる。

「拗ねていないで、教えてほしいのです。トム・マーチンは、戦中、収容されて、全財産を没収された。その財産、資産は、どこへ消えたのか。ＧＨＱは関心を持っています。他にも多くの在日アメリカ人が同じ目に遭っている。民間人の財産が。これは戦争犯罪です」

「私は一介の刑事ですよ」

「比良坂侯爵家の資産は戦中に肥え太っています。どういうことですか？　あなたは侯爵の周辺を調べていた。聞いた噂や、評判でいいのです」

ただの通訳ではない。政義は、引き出しに紙袋を見つけて、私物の文房具を放り込んだ。

「今日は休暇日なんです」

席を立った。

「何かわかれば、まとめて報告します」

淀橋署を出て、自宅への道をたどった。

ウィルさんの、まだ信じたいという言葉が胸中に残っていた。横浜の、あの木だという思いが消えない。俊則の名も刻まれていた。

「あの木は焼けちゃってたねえ、ウィルさん」

顔を上げると、焼け跡の果てには、青い空がある。秋の澄んだ空だった。

「行ってみるか、辞める前に」

自分につぶやき、

「行ってくるよ」

ウィルさんと俊則に、つぶやいた。

自宅に戻り、登美子と昼餉の茶漬けを食べていると、電話が鳴った。上尾署長からだった。

「比良坂弘毅が亡くなった」

重い声だった。

「今夜通夜で、明日葬儀だ。私は参列するが、渡良瀬も行くか」

「いえ、私は、別に行く所がありますので」

「参列しないのか」

「明日も休暇をいただきます。東京を離れますので」

受話器を置くと、登美子が訊いてきた。

「一人で浜松へ行くんですか?」

不思議そうな顔で政義を見ている。政義は腕時計を見た。

「登美子が行ってくれたじゃないか。浜松じゃない。いまから発てば、明日中には帰ってこられると思う」

三

道の途中で日が暮れきった。

雑木林の奥に、ようやく灯が見えた。

家屋の影が現れた。人里離れた一軒家、という風情だった。

木立ちのあいだの細道を上りながら、政義は、背広の前を合わせた。まだ宵の時分なのに、すっかり冷え込んでいる。駅の改札口を出たときには、役場はもう閉まっていたので、警察署で問い合わせ、案内もなく一人でここまで上がってきた。

塀も垣根もない、山小屋のような平屋だった。

明かりの洩れる窓には遮光幕が掛かっていて、室内は見えなかった。

政義は木の扉を叩いた。耳を澄ました。家の内は静かなようすだった。扉が叩かれる音に驚き、身構えて気配を消しているのかもしれない。

細く隙間が開いた。女の目がのぞく。

「東京の、淀橋署の渡良瀬といいます。夜分に突然申し訳ありません」

淀橋署、とつぶやく声がする。ドアが開き、三十歳前後の女が、

「どうぞ、お入りください」

と退いた。毛糸のセーターに、モンペを穿いている。化粧のない痩せた顔に暮らしの疲れが貼りついているが、聡明そうな、鋭敏なまなざしで来訪者を観ている。

ドアを閉めて暖かい屋内を見まわした。

廊下はなく、板壁で間取りを仕切っている。目の前は、土間の台所で、かまどに火が揺れ、鍋が湯気を上げている。味噌の香ばしい香りがする。子供が焚き木をくべていた。五、六歳の男の子で、火の踊りに魅入られているのか、いっしんに、かまどをのぞきこんでいる。政義が入っていく気配に振り返った。

「こんばんは」

と男の子は頭を下げた。政義は微笑んだ。

「こんばんは」

男の子は、見たことのない大人を、少し怯えたように見上げる。色白で、頬が赤い。

「お母さんの手伝いか。偉いね」

「おじさん、誰?」

男の子は、じいっと見つめてくる。

緑色の瞳で。

第七章　九月五日 水曜日

一

翌日の昼過ぎ、比良坂弘毅の葬儀には間に合わなかったが、政義は斎場に行ってみた。

斎場は、恵比寿駅の東、古川のそばにあり、丘の上の侯爵家を望むことができた。

晴天の下、周りの屋敷を睥睨する広壮な洋館は、年老いてひび割れた生き物の皮膚のように、暗い灰色にくすんでいる。

振り返ると、火葬場の煙突から、白い煙が明るい空へ昇っていく。

建物の外の空き地には、喪服姿の男たちがたたずんでいる。旧海軍や侯爵家の関係者だろう。首からカメラを提げた記者らしき者もいる。政義は、淀橋署の上尾署長を見つけた。上尾は、政義に気づくと、無言でうなずき、煙が風に流されて消えていく辺りを眺めた。

建物の扉の前に、比良坂侯爵がたたずんでいる。喪服の上に黒い外套を羽織り、ステッキにすがってかろうじて我が身を支えているふうだった。集まった人々の頭越しに、どこか遠い空にぼんやりと視線を放っている。茫洋とした仏様というより、茫然自失の抜け殻といったふうに見える。威圧感をなくした、小っぽけな独りの老人だった。

その後ろに、侯爵夫人が毅然とした面持ちで立ち、立原と朔耶道彦が顔を寄せてひそひそと言葉を交わしている。

政義は上尾の隣りに立った。

「侯爵家は何か言ってきましたか?」

上尾は、侯爵の姿をうかがい、

「いまのところは」

低い声で答えた。弘毅の死をめぐって、侯爵家から警察に何らかの抗議がこないかと怯えているのだ。

「通夜には羽刈が来てくれた。侯爵に何か言われていた。気になったので訊くと、弘毅が亡くなった事情を細かく確かめていたということだった」

「弘毅が刺された頃、羽刈君は楠田刑事を追っていました」

「そうだ」

だから事情がわからない羽刈は昨夜おまえがいなくて困っていたんだと言いたいらしい。

「侯爵が、羽刈に、何かを」

政義はそうつぶやき、顔色を曇らせ、上尾のそばを離れて侯爵が居るほうへ歩きだした。

「おい」

上尾が呼び止めたが、政義は人のあいだを抜けて近づいていった。

侯爵の目が動いた。カメラの焦点を絞るように、ぼやけた瞳が政義をとらえた。政義は侯爵と向かい合った。侯爵の顔に、何か言おうとする色が浮かぶ。

車の音がした。

斎場の門をくぐって、進駐軍の白いジープが入ってきた。「MP」の腕章をした米軍憲兵たちが乗っている。その後ろに、黒い乗用車、幌を張ったトラックが続く。砂埃をあげて建物の前に停まった。トラックの後部から、米兵の一団が降り、一列の人垣をつくって、参列者と侯爵のあいだを隔てた。ものものしい空気に気圧されて人々は後ずさった。

乗用車を降りた米軍憲兵が、侯爵の前に立った。年かさの憲兵が、英文の書類を示して、厳めしい声を出した。日本人の通訳が告げた。

「米軍憲兵隊で、お訊きしたいことがあります。ご同行ください」

侯爵は、理解しがたいことを言われたように目をしばたたいた。

「子供の葬儀を営んでおる最中だ」

「いままでお待ちしていました。車にお乗りください」

朔耶道彦が英語で何か言った。抗議したのだろうが、憲兵は厳しい声で威圧した。人々がざわつきだすと、米兵たちは、立てて持っていた小銃を斜めにしてみせた。

侯爵は、人々を見わたし、鷹揚にうなずいた。

「本日は、ありがとうございました。皆さん、気をつけてお帰りください」

米兵に押しやられる政義と目が合った。侯爵は首を横に振り、何ごとか、つぶやいた。よく聞き取れなかった。

「あの作戦は、愚策だったんだ」と言ったように聞こえた。

侯爵は憲兵に先導されて黒い乗用車に乗せられた。ジープと乗用車は向きを変えて走り去る。米兵たちがトラックに戻った。トラックは人々を蹴散らし、あとを追っていった。残された人々は騒然となった。政義は砂埃が風に流れて消えるのを眺めていた。

撲殺されたトム・マーチンは、横浜で進駐軍に保護されていたとき、自分が戦時中に比良坂侯爵家から被った被害について、告発していたのだ。

昨日憲兵隊の通訳が質問に来たことを思い返した。捕虜だったウィリアム・クロフォードの射殺と死体遺棄、抑留されていたトム・マーチンの撲殺、それに戦前の米国人スパイの捏造。一連の事件に侯爵がどう関わっているか、進駐軍が厳しく取り調べることに決めたのだ。それを端緒に、侯爵が戦前戦中に行なった外国人に対する横領や略奪を明らかにしようと、方針をあらためたのにちがいなかった。

政義は、切羽詰まった顔で夫人にささやく立原の横顔を見た。その横で、朔耶道彦も蒼白な顔で立ち尽くしている。

政義は人々のあいだを抜けて斎場の外へ歩きだした。

ふと見ると、自転車で斎場から去っていく男がいる。青佐雪次だった。新宿の方角へ走っていく。荷台に、食材を運ぶ木箱を括りつけていた。木箱がガタガタと揺れる。青佐雪次は、自分の娘を酷い目に遭わせた弘毅であっても、主人筋の人間には、いまだに忠心を抱いているのだろうか。律儀な人物だと思い、ペダルを漕いで遠ざかる姿を見送った。

二

淀橋署へ戻ると、巡査や刑事たちが、慌ただしく正面玄関から飛び出して、駅のほうへ駆けていく。玄関で、須藤とぶつかりそうになった。須藤は三角巾を外した左腕を庇うように曲げている。

「渡良瀬さん」

顔を強張らせ、声をひそめた。

「城野が逃げました」

政義は玄関脇に須藤を引っ張った。

「逃げたって、どうやって?」

「それがよくわかりません。取り調べがあるので、留置場から取調室に移したそうです。取り調べの前に、署の者が出入りしていた隙に、いなくなったと」

巡査たちが拳銃を携帯し、四方へ駆けだしていく。政義は緊張したまなざしを道の先へ向けた。

「ユダに会いに行く気だ」

「ユダ？　楠田刑事は死にましたよ」

「待っていてくれ」

政義は刑事課へ走って行き、装備品の棚から自分の拳銃を取って戻った。須藤は銃を見て顔色を変えた。

「どこへ行くんですか」

「城野がユダに会う現場だ」

政義は道の左右を見た。

「人目を避けて、隠れて会える場所だ。事件に関係している場所。そんなに遠くはないだろう」

駅のほうへ歩きだした。

新宿駅の駅舎を横に見て、新宿通りをまっすぐに行った。通りには進駐軍のジープが行き交い、マッカーサー元帥の東京進駐に備えている。道端の闇市にはいつものように人があふれている。逃げた城野を追って巡査たちが鋭い目で行き来していた。

政義は、瓦礫のあいだの路地に折れ、通りの裏手の焼け跡に出た。

雑草と瓦礫の合間を、辺りに目を配りながら進んでいく。やがて足を停め、体を低くして、前方を見た。

日曜の夜にトム・マーチンが殺されていた場所だった。そんな凶行があった痕跡は残っておらず、雑草が静かに揺れているだけだった。須藤は、

「ここで？」

とささやいた。政義は、

「外では人目につくか」

頭をめぐらせ、焼け跡と表の通りのあいだに立つ廃墟ビルを見上げた。日曜の夕方、ビル前の路肩で、比良坂弘毅がビュイックを停め、青佐君江と会っていたという。

政義は物陰を伝って近づいた。破れた窓から中をうかがい、敷居を乗り越え、コンクリートの床に飛び下りた。

床に転がる瓦礫を縫って、階段を見つけ、足音を立てないように上がっていく。

三階まで上がると、上から男の声がした。

「侯爵と進駐軍が庇ってくれるんじゃないのか」

政義は耳を澄ませた。

「そういうことか。俺を本気で逃がすつもりはなかったんだな」

城野の声だった。四階にいる。

「なるほどな。日本が降伏して、マッカーサーがやって来て、おまえも大慌てだ。侯爵と同じだな」

軽蔑した声が響く。城野の相手は無言だった。

政義は、階段を駆け上がり、拳銃を突き出して室内に走り込んだ。

城野は明るい窓辺に背を向けて立っていた。

城野に銃口を向けている羽刈が、政義を振り返った。羽刈は、そのまま城野を撃とうと拳銃を構えた。政義は言った。

「城野を撃っても、手遅れだ」

羽刈は引き金に指を掛けた。政義も撃鉄をカチリと起こし、引き金に指を掛けた。

「すべてが明らかになったんだ、羽刈」

羽刈は、政義の銃口がまっすぐに自分に向いているのを見、須藤が後ろに立っているのを見ると、ゆっくり銃口を下げた。まだ隙を見て城野を撃とうとしているのがわかった。

「銃を床に落とせ。こっちへ蹴るんだ」

羽刈が眉根を寄せ、言われた通りにすると、須藤が拳銃を拾って退いた。須藤は、信じられないという顔で、がらんどうの部屋の真ん中にたたずむ羽刈を凝視している。政義は言った。

「昨夜、通夜に行ったとき、侯爵に、城野を殺せと言われたんだな。それで城野を取調室から逃がしたのか」

羽刈は表情をひきつらせている。

「交換条件か。侯爵家にとって邪魔な城野を消せば、スパイ事件を捏造してアメリカ人を処刑させた過去は黙っておいてやる、か。侯爵は、番匠からスパイ事件の真相を聞かされていたんだな」

羽刈は唇を開けたり閉じたりして、言葉を探している。

「侯爵は米軍憲兵に捕まった。罪を逃れるために、知っていることは洗いざらい話してしまうだろう、自分の都合のいいように。あの爺さん、約束は守らない」

羽刈は、まぶたをぴくぴくと震わせ、笑ってみせようとしたが、頬が引きつって泣きだしそうにしか見えなかった。

「渡良瀬さん、待ってください。何のことを言っているのか、本当にわかりません。私は、城野がここへ逃げ込むのを見て、確保しようと上がってきただけです。襲ってこようとしたから銃を向けたんですよ。こいつ、捜査を攪乱しようとして、でたらめばかり言いやがる。嘘ばっかりですよ」

政義は冷めた目で首を横に振った。

「言い逃れはできないぞ。昨日、小布施に行ってきた。トム・マーチンの元妻、エイコ・マーチン。君の奥さんも、英子といった。羽刈英子。同じ名前に、何か引っ掛かっていたんだ。小布施で、君の疎開中の奥さんに会った。息子さんがいた。トム・マーチンと英子さんのあいだに生まれた子だ。英子さんから話は聞いてきたよ」

羽刈の顔から作り笑いが消えた。

「英子が？　話した？」

憤りの色が浮かんだ。目がつり上がり表情が一変して、噛みつくように言った。

「英子がどう言ったかは知らんが、元々、英子は私のいいなずけだったんだ。強引に横取りしたのは、あのアメリカ人のほうだ。強欲な、下衆野郎が」

「スパイ事件を捏造したのは、トム・マーチンへの報復だったのか」

「そうですよ」

認めたことで勢いづいたように、

「わざわざ特高課に席を移してでも、あいつに復讐したのは、男として当然のことだった。私は英子を取り戻したんだ」

「トム・マーチンは証拠不十分で釈放された」

「しかし、それがきっかけで、比良坂侯爵につけいられて資産も店も失った。後で聞いて胸がスッとしましたよ」

「事件に巻き込まれたアメリカ人たちは、スパイの冤罪で処刑されたぞ」

須藤は、羽刈の銃を、自分の尻ポケットに差した。

「羽刈さん。俺たち、事件を追う目的が違ったんですね。口をふさぐために、三人も」

羽刈は須藤を睨んだ。政義は羽刈に近づき両手に手錠を掛けた。羽刈は漢方薬の臭いがする息を吐いた。

「待ってください。楠田さんが飛び降りたときは、渡良瀬さんも私とその場にいたでしょう。楠田さんは、番匠とトム・マーチンを殺した。それで、逃げられないとなって」

「俺が旅館に着いたときには、既に、楠田さんをビルの屋上から突き落として、旅館に戻っていたんだ。俺の後から非常階段を上がって、踊り場にあった砂袋を落として音を立てたり、小細工を」

羽刈は、なおも言葉を被せた。

「楠田さんの部屋は、中から錠が下りていましたよ。窓が開いていた。楠田さんは、我々が来たと知って、窓から飛び下りて逃げたんです」

「死体は革靴を履いていた。玄関を通らずに、どうして靴が履けたんだ？　羽刈、おまえが部屋へ持って行ってやったんだろ？　錠を下ろして部屋にいるふうに装って、窓から逃げ、隣りのビルに隠れろ、と誘い込んで、楠田さんを屋上から突き落とした。砂袋にしろ、靴にしろ、小細工を弄し過ぎたな。あの現場での不自然な点が引っ掛かって、疑いが膨らんだ。そこからいろいろな引っ掛かりが、つながっていったんだ」

羽刈は瞳にギラギラした光を宿している。

「私は生きなきゃならない。生き延びて、妻と子を、幸せにしなくちゃ。これからなんだ」

目に涙があふれた。

「あいつが強引に英子を横取りしたせいだ」

「英子さんは、出会ったときから最後までトム・マーチンは紳士だったと言っていた。トムと別れたのも、英子さんと子供を守るために、彼から言い出したことだったと」

羽刈は首を振った。

「英子が、かわいそうだ」

表情が崩れ、すすり泣いた。

女がつらい目に遭う、いつでも。だが、おまえが言うな。政義は胸中でつぶやいた。

城野が鋭い眼光でようすをうかがっている。

「城野、取調室に戻ろう」

城野は、凄みのある目つきで、不遜な笑みを浮かべた。振り向いて、窓枠の外の空を見る。空に憧れるまなざしだった。ふと、まじめな顔つきになった。

「そうしよう。早くつとめを終えて、あそこに帰るのが一番だ」

「城野、進駐軍に、侯爵が戦中にしたことを教えてやってくれないか。民間のアメリカ人にしたことを。聞いているだろう?」

「俺の首も締まるぜ」

「進駐軍と取り引きしろ。協力すれば、マーケットの人たちのためにもなる」

政義は羽刈を促して歩きだした。

「天と地がひっくり返ってしまったな」

泣いている。政義のつぶやきは、羽刈の耳には入らないようすだった。

三

晴れた空が色を落として透きとおっていく。西の雲が茜色に染まりはじめる。政義と須藤は、城野のマーケットを訪れた。青佐食堂は満員だった。醤油の香りが漂ってくる。屋根に新しいトタンを張り替え、木箱の食卓に清潔な布を敷いて、露店とはいえ、来るたびに食堂らしくなっていく。

かまどの大鍋の前に青佐雪次が陣取り、君江が注文を聞いて盆でお椀を運び、忙しそうに立ち働いていた。君江が須藤に笑顔を向ける。

「その節はありがとうございました」

須藤は顔を赤くした。

政義は大鍋を挟んで青佐雪次の前に立った。

「お邪魔します。さきほど、番匠さんやトム・マーチンを殺した犯人が捕まったので、報告と、情報提供のお礼に来ました」

雪次は柄杓を動かしながら視線を上げた。犯行時にどこに居たかと訊かれて怒ったことは忘れているような、おとなしい瞳の色だった。

「捕まりましたか」

「犯人は、淀橋署の羽刈という刑事でした」

「刑事さんが?」

「ええ。例のスパイ事件を捏造した張本人でした。進駐軍の追及を怖れて、証人になりそうな人物を次々に手に掛けていたんです」

雪次は、信じられないという顔になったが、

「そうでしたか」

とつぶやき、関心がなくなったように、すいとん汁をお椀によそった。

「それと、城野ですが」

政義がそう続けると、盆を持った君江が顔を向けた。

「傷害致死ではあるが、それは、拉致された女性を救うためであるし、相手は拳銃を振りかざして逃走した事実もある、ということで、情状酌量が認められそうです。そんなに長くつとめることはないだろうと思います」

雪次は頭を下げた。

「ありがとうございます。城野さんが戻ってくるのを、ここの皆が待っています」

「城野は、このマーケットを守るために、侯爵家に楯突いたんですね。侯爵家はこの土地から全員退去するようにと迫っていた。青佐さんもご存知でしたね」

雪次はチラと政義を見た。政義は湯気越しに見返した。

「私が初めてここに来て、死体を捨てた車についてたずねたとき、あなたは、君江さんに、嘘はつかんでもいい、とおっしゃった。覚えてますか?」

「ええ」

「君江さんが目撃したことを言えば、警察の関心が侯爵家に向いてしまうのに。いま思えば、あなたの侯爵家への忠誠心が、裏返った瞬間でしたね」

雪次は黙っている。

「これまで、どんな目に遭わされても、あなたは主家が大事と尽くしてきた。しかし、このマーケットの人々が追い出されてまた焼け跡へ放り出されることは、許せなかった。だから警察の捜査を侯爵家へ向けることで、マーケットを守ろうとする城野を助けようと」

「もういい。忙しいときに。もう帰ってください」

雪次の激した声に、客に呼ばれた君江が驚いて振り返る。政義は声を落として続けた。

「嘘はつかんでもいい、とあなたに言われて、君江さんは、本当のことを言った。しかし、言わなかったこともある。嘘はつかなかったが、君江さんは知っていることを全部言ったわけではなかった。たとえば、深夜に停まった車から比良坂弘毅が何かを運び出していたのを見た、とか」

「暗くて何も見えなかったんだ」

「暗くても、君江さんが知っている侯爵家のビュイックだ。弘毅に乗せられたこともあったでしょう」

雪次は柄杓を握りしめて睨んでくる。政義は雪次にだけ聞こえるように声をひそめた。

「言わなかったのは、偽証罪、事後共犯になります。君江さんが罪に問われる」

「脅すのかね」

「あなたは、真夜中、車の音がしたときは寝ていたと言った。それも嘘ですね。あなたは、車の音がしたときは、ここに居なかった。翌朝、君江さんや他の露天商たちから聞いて、自分も車の音を耳にした、と言っただけです」

大鍋をまわり込み、雪次の耳元で、

「あの夜、比良坂弘毅と立原が、射殺死体を、高輪の比良坂ホテルからここまで車で運んで捨てた。それより早く、あなたはここへ戻って来ることができたんですか？　比良坂ホテルから、自転車の荷台に番匠を乗せて、愛宕町か、その途中まで送り、ここまで自転車を漕いで戻ってきた。真夜中で道は空いていても、真っ暗で、かなりの距離だ」

雪次は近づいてくる君江を見ている。

「君江さんは、あなたがここにいなかったことも、私には黙っていた」

雪次は君江に柄杓を差し出した。

「ちょっと代わってくれ」

政義を促して、食堂を離れ、焼け跡を歩いていく。政義と須藤とが、あとについた。

雪次は、瓦礫や雑草の影で黒く覆われた焼け跡を、空襲前に青佐食堂があった空き地のほうへと足を運ぶ。背中を向けたまま言った。

「刑事さんは、どんな証拠があって、私が番匠さんとホテルへ行ったというんです?」

「証拠はありません。状況証拠ばかりで。強いていえば、番匠はホテルへ行った次の日、尻が痛いと言っていた。ホテルから逃げるあなたの自転車の荷台に座っていたのか、と」

「尻が痛いと言った? それだけで私を? 馬鹿々々しい」

政義は雪次の背中に言った。

「比良坂侯爵が米軍憲兵に連行されました」

「御前様が……」

雪次は、焼け跡を覆う影に足を取られたように立ち止まる。足元に、影に半ば沈んで、青黒い塊がうずくまっている。ひと抱えほどもある、でこぼこした物体だった。金属の何かの碑が空襲の際の高熱で溶けて、そのまま放置されているらしい。侯爵家顕彰、といった文字が歪んで残っている。高貴な家名が刻まれた碑ででもあったのだろうか。雪次はその表面に指先で触れて、夕陽を見つめていたが、政義に向きなおった。

「刑事さんのおっしゃる通りです」

夕焼けを背負い、顔が陰になっていて表情はわからない。

「あの夜、弘毅さんが死体をこの焼け跡に捨てていった後で、私はここへ帰ってきました。君江はもう眠っていたようだ。君江は、車が来ていたときには私がまだ帰っていなかったのを知らないんです」

「あなたはウィリアム・クロフォードを知っていましたね」

雪次はうなずいた。

「ウィルさんと呼ばれていました。私がホテルの厨房にいた頃、ウィルさんは、マーチン商会の食材を搬入していました。戦時中はどうしていたのか知りませんが、先週の火曜の昼、突然、この道を歩いているのを見ました。私は、知らん顔で見送ったのですが、思い直して、あとを追いかけ、声を掛けました。ウィルさんは、私のことを思い出したみたいで、私が、頼みがあると言うと、それなら、ミスタ・バンショウと明日の夜に会う約束があるから、一緒に来い、と言いました。比良坂ホテルに居るから、と」

ひと息吐いて、

「番匠さんの所へ行って事情を話し、水曜の夜、一緒にホテルへ行きました。私の頼みは、ウィルさんの口利きで食材が手に入らないだろうか、ということでした。ウィルさんがホテルに居るのは、ホテル再開のためだと思ったんです。私は、青佐食堂の再開に向けて、それに、子供たちが飢えないように、食材が欲しかったのです。どうにかして食材を手に入れたかった。番匠さんも、ホテル再開の仕事を依頼されていて、その話をするのだと思っていたようです」

「ホテルに行くと、支配人の朔耶さんはいなかった？」

「いませんでした。いま思えば、あれは、侯爵家の罠でした。朔耶さん抜きで番匠さんをウィルさんと会わせて。ウィルさんの怒りを侯爵家から少しでも逸らせようと。二人に争いが起これば、それに乗じて、とでも、たくらんだのでしょう。ウィルさんは、番匠さんと私を責めて、脅しました。スパイを捏造して、無実のアメリカ人を冤罪で処刑に追いやった、そしてマーチン商会の資産を奪い、トム・マーチンを抑留所に送った。すべて侯爵家の大罪で、番匠やおまえは共犯者だ。罪を認めて償わなければ、進駐軍に訴えて出る。おまえらは戦争犯罪者として縛り首だ、と。私は、自分の食堂が逮捕の場所に使われただけで、そんなことには関わりがない、と言いましたが、ウィルさんは聞く耳を持ちません。そのうえ、侯爵家の新宿の土地は、俺が貰うから、さっさと出ていけ、とまで」

声が震える。

「番匠さんとウィルさんが言い争いになり、取っ組み合いの喧嘩になりました。ウィルさんは、拳銃を出して番匠さんを撃とうとしました。私はそれを抑えようとして、揉み合いました。銃声がして、ウィルさんが私の上に覆いかぶさってきました」

自分の手のひらを見下ろし、

「気がつくと、ウィルさんが倒れていました。私が、ぼうっとして立っていると、番匠さんが、手から拳銃をもぎ取って投げ捨て、部屋の電灯を消し、私を壁際の暗がりに引っ張っていきました。すると、隣りの部屋から、侯爵が入ってきました。侯爵が、床に落ちている拳銃を拾ったので、番匠さんはドアを開けて、私をつれて通路に逃げました。侯爵が何も言わずに拳銃を撃ってきました。私たちはロビーへ走り、窓から外へ出て、従業員用の出入口から道へ。停めてあった自転車で、逃げました」

「侯爵は、クロフォードが番匠と会う時間を見計らって入ってきた。しかし死者が出るとまでは考えていなかったんですね。そのときに番匠とあなたを射殺できておれば、侯爵にとっては万事めでたしだったが。侯爵は、警察にあなたたちの名前を告げなかった」

「番匠さんと一緒に来ていたのが誰なのか、確信が持てなかったからでしょう。それに、番匠さんも私も、侯爵家の戦時中の罪を知っていますから。ウィルさんを殺した犯人だと告げた仕返しに、それを進駐軍にバラされたら、侯爵もただでは済まんでしょう。私らの名前を告げるなんてできませんよ」

「だったらあなたは安全じゃないですか。いま打ち明けることもない」

雪次は首を横に振った。

「刑事さんは侯爵の人柄をご存知ない。侯爵は、自分が捕まれば、番匠さんと私の名前を出して、自分の有利になるように、たくらむにちがいありません。そうなれば、私だけじゃなくて、城野さんも、このマーケットも、ここで生きる人たちも、皆、巻き込まれる。侯爵の戦中の罪を明らかにして、戦うしかありません」

立ち上がった。

「自首します」

焼け跡を振り返った。夕焼けの甲州街道を背景にして、雪次が瓦礫と雑草を片付けはじめてい
た空き地は、濃い影に沈んでいる。

「新しく建て直すときは、四階建てにしたかった」

たたずむ姿がシルエットになっている。

「四階は、子供たちの部屋に。一階の厨房は、広くして、調理の修行ができるように」

政義は、促すように道のほうへ歩きだした。

「戦前の青佐食堂はビーフシチューが絶品だったと聞きました」

「残ったのはこの焼け跡だけです」

雪次はうつむいた。

「ウィルさんの言葉が、あれからずっと、耳についていたんです」

「ウィルさんの?」

「ウィルさんと揉み合いになったとき、ウィルさんが……ふっと悲しそうな顔になって……まだ、
と」

「まだ、と言った?」

「銃声がして、その後の言葉は途切れました……まだ、という言葉が……」

いまも聞こえるかのように顔を上げた。

終章　九月八日 土曜日

九月八日、土曜の昼。政義は城野の白い事務所兼自宅を訪ねた。

戸塚と向かい合った事務机に、須藤が就いて、帳簿をつけていた。

「渡良瀬さん、いらっしゃい」

背広はあいかわらず着古したものだが、海軍の艦内靴が新しい黒革靴になっている。

「慣れたか?」

「一から勉強です。城野さんが出てくるまで、ここを守ると約束した以上は、何とかして」

政義はうなずき、

「比良坂侯爵は、起訴される見込みだ。マーチン商会だけじゃなく、日米開戦のどさくさに紛れて、アメリカ人の法人や個人の資産を、数多く、不正に、横領していた。米軍憲兵隊が断罪の方法を検討中だ」

「朔耶道彦も、連座して?」

「共犯だ。侯爵家の屋敷も、比良坂ホテルも、進駐軍が接収するらしい。まあ、洋式便所だから、どのみち免れられない」

須藤は不安そうだった。

「ここはどうなるんでしょう」

「進駐軍は焼け跡なんかに関心はない。商業組合を作って、正式に営業申請を出すんだろ？ 闇市が禁止されても、やっていけるさ」

「ええ。やっていきますよ」

自分に言い聞かせるようにうなずき、

「ところで、渡良瀬さん。羽刈さんの、奥さんと子供のことですが」

「英子さん？」

「もしよかったら、ここへ来て、働いてはどうかと話していたんです。事務でも、マーケットの販売でも。小布施のほうに、訊いてもらえませんか？」

「ああ、わかった。しかし、先日連絡を取ったんだが、あっちで、教師の口を探してみると言ってた。元は英語の教師をしていたからな。しっかりした人だよ。何か困ったことがあれば相談しに行きますとも言ってたから、そのときはここでよろしくな」

腕時計を見て、

「今日は半ドンだ。じゃあ」

出ていこうとすると、須藤の向かいの机から、戸塚が声を掛けた。

「刑事さんは、いつ警察を辞めて、こっちに来るんです？　ここも人手不足でね、できれば早いとこ、警官なんてヤクザな商売は辞めて、俺みたいにカタギになって、俺の片腕に」

険のない、人の善さそうな笑みを向けてきた。

「俺か？」

政義は、ドアを開けて、振り返った。眼光に、戸塚はひるんだ。

「俺は、刑事を続けるよ」

「辞めるつもりじゃあ？」

「考えていたんだがな。須藤」

「はい？」

「俺は、何だ？」

須藤は笑った。

「刑事ですよ。どこから見たって」

政義は闇市にまわった。青佐食堂は、あいかわらず客でいっぱいだった。大鍋の前には君江が陣取り、ゴン太と少女が盆を持って行き来している。ゴン太は青佐食堂を継いで日本一のシェフになると決めたそうだ。忙しい時間帯には秀夫兄ちゃんが来て手伝うのだと言っていた。須藤は、青佐雪次の味の質を落とさないと張り切っているそうだが、ゴン太たちが学校に再び通いはじめ、君江が希望する洋裁学校に行くようになれば、しばらくは独りで食堂経営を担うことになりかねない。

「あいつ大丈夫か」

政義は苦笑した。

君江は口紅の色を変えている。前のより、柔らかい赤だった。前の濃い赤い口紅は捨てたのだろうかと思った。比良坂弘毅から貰い、心ならずも塗っていたのかもしれない。政義は君江の横顔を見た。弘毅が最後に暴走してあんなふうに行ないを踏み外してしまったのは、君江の深いたくらみのせいだった気がする。君江は、心の底で、侯爵家に対してどんな感情をひそませていたのだろうかと考えた。

歩いて代々木の自宅へ帰った。

午前中に、マッカーサー元帥率いる連合国軍が東京に進駐したので、道路には進駐軍のトラックやジープが増え、米兵が町にあふれだした感がある。占領の時代が始まったのだ。

昼食の後、登美子と散歩に出た。

一緒に外を歩くのは、いつ以来か、思い出そうとしたが、浜松へ俊則を見送りに行ってから後、二人で出掛けることはなかったと思えた。

登美子は、この頃は、俊則のことは言わなくなっている。面ざしは沈んではいるが、落ち着いた顔色でいる。並んで明治神宮のほうへ緩い坂道を上っていった。

町角に、欅の大樹がある。遠くからも見える、高い古木で、太い幹の上が焼け焦げて無くなっていたが、新しい枝葉がその傷跡を覆いはじめていた。空襲の樹と呼ばれている。戦前、俊則が子供の頃、よく一緒に散歩に来た所だった。

木の根方に立って、登美子は耳を澄ませる。さわさわと葉擦れの音が降ってくる。政義は思い出した。

「そういえば、一人でここまで散歩しに来たと言ってたな」

「ええ」

「それで、ここで何かあったのか？」

「え？　わたしそんなこと言いました？」

「ご飯のときに、俺に何か言おうとしてさ、そのときは電話が鳴ったから」

「ああ、そうだった。あなたそんなことよく覚えてるわね」

登美子は静かに笑った。

「わたし、ここで外国人を見たの。そのことを言おうとしてたの」

「それは、いつ？」

「いつになるかしら？　いまからだと、十日ほども前？　白人の、背広を着た男の人」

「二十八日の火曜日か？」

「そうね。昼過ぎに」

ウィリアム・クロフォードが新宿の城野の闇市を歩いていた後だ。ウィルさんはここまで歩いてきたのだ。

登美子は木の幹を指さした。

「ここで見たんですよ。外国人の男の人がここに立っていて。疲れているような横顔で、うつむいて……木の幹を見てたわ。その辺りを」

幹の瘤になったところを指さした。政義は顔を寄せて見た。樹皮が硬くなった瘤に、ナイフで彫りつけた文字があった。古いもので、歳月に消えかかっているが、子供が彫ったカタカナだとわかる。

ウィル
刻んでいたのだ。

まだ、焼けずに、残っている。

さわさわと葉擦れの音が降ってくる。

政義は、登美子の横顔を見た。遠くを眺めている。穏やかな、さみしげな顔だった。ウィルさんの話はいつかまたしようと思った。登美子が言った。

「俊則のお墓を作ってあげましょう」

政義は、不意をつかれたが、

「ああ」

と、うなずいた。

「そうだな。そうしよう」

登美子の視線を追って町を見下ろした。

空襲を免れた町並みの向こうに、焼け跡が広がっている。瓦礫に混じって、掘っ立て小屋や、露店が立ち、人の往来があわあわと煙のように流れていた。

（了）

本作品はフィクションであり、
登場人物・団体名等は全て架空のものです。

◎論創ノベルスの刊行に際して

本シリーズは、弊社の創業五〇周年を記念して公募した「論創ミステリ大賞」を発火点として刊行を開始するものである。

公募したのは広義の長編ミステリであった。実際に応募して下さった数は私たち選考委員会の予想を超え、内容も広範なジャンルに及んだ。数多くの作品群に囲まれながら、力ある書き手はまだまだ多いと改めて実感した。

私たちは物語の力を信じる者である。物語こそ人間の苦悩と歓喜を描き出し、人間の再生を肯定する力があるのではないか。世界的なパンデミックや政情不安に覆われている時代だからこそ、物語を通して人間の尊厳に立ち返る必要があるのではないか。

「論創ノベルス」と命名したのは、狭義のミステリだけではなく、広義の小説世界を受け入れる私たちの覚悟である。人間の物語に耽溺する喜びを再確認し、次なるステージに立つ覚悟である。作品の刊行に際しては野心的であること、面白いこと、感動できることを虚心に追い求めたい。

読者諸兄には新しい時代の新しい才能を共有していただきたいと切望し、刊行の辞に代える次第である。

二〇二二年一一月

三咲光郎（みさき・みつお）

1959年大阪生まれ。関西学院大学文学部卒業後、高校の教職に就くかたわら小説の執筆を開始。1993年に『大正暮色』で堺市自由都市文学賞、1998年に『大正四年の狙撃手』でオール讀物新人賞、2001年に『群蝶の空』で松本清張賞、2018年に『奥州ゆきを抄』（岸ノ里玉夫名義）で仙台短編文学賞を受賞。著書に『忘れ貝』（文藝春秋）、『砲台島』（早川書房）、『死の犬』（角川書店）、『蒼きテロルの翼』（祥伝社）、『上野（のがみ）の仔（がき）』（徳間文庫）など。

空襲（くうしゅう）の樹（き）

2023年2月4日　初版第1刷発行

著者　三咲光郎
発行者　森下紀夫
発行所　論創社
〒101-0051　東京都千代田区神田神保町2-23　北井ビル
tel. 03（3264）5254　fax. 03（3264）5232　https://ronso.co.jp
振替口座　00160-1-155266

装釘　宗利淳一
組版　桃青社
印刷・製本　中央精版印刷

ISBN978-4-8460-2227-3